KB094896

인생을

을

바꿔라

강준현 장편소설

FUSION FANTASTIC STORY

인생을 바꿔라 3

강준현 장편소설

초판 1쇄 찍은 날 § 2016년 5월 27일
초판 1쇄 펴낸 날 § 2016년 6월 3일

지은이 § 강준현
펴낸이 § 서경석

편집책임 § 이재림

펴낸곳 § 도서출판 청어람
등록번호 § 제387-1999-000006호
등록일자 § 1999. 5. 31
어람번호 § 제1-2444호

주소 § 경기도 부천시 원미구 부일로 483번길 40 서경B/D 3F (우) 14640
전화 § 032-656-4452 팩스 § 032-656-4453
http://www.chungeoram.com
E-mail § chungeorambook@daum.net

ISBN 979-11-04-90825-5 04810
ISBN 979-11-04-90783-8 (세트)

인생을
을
바꿔라

3

강준현 장편소설

FUSION FANTASTIC STORY

도서출판 청어람

인생을 바꿔라

목차

제1장

시간의 소용돌이

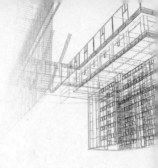

　나비효과는 어느 한곳에서 일어난 작은 날갯짓이 뉴욕에 태풍이 되어 나타날 수 있다는 이론으로 작은 변화가 결과적으로는 큰 변화를 초래할 수 있다는 뜻이다.

　한데 시간의 흐름, 특히 과거의 시간의 흐름에서는 나비효과 이론은 통하지 않았다.

　이미 완성된 과거―현재를 기준으로 볼 때―는 변화가 없고 탄탄하다. 그래서 내 인생을 바꾼 것이 나에겐 큰 변화 같지만 시간이라는 큰 강물에 비하면 티끌이 바뀐 것이나 다름없었다.

　즉 과거의 시간의 흐름은 미래보다 훨씬 안정적이라 원하는 장소, 원하는 시간대에 가는 것이 상대적으로 쉽다는 의미이기도 하다.

'…이게 지금까지 내 생각이었지.'

나름 구축해 둔 가설들을 아무짝에도 쓸모없는 것으로 만드는 현상이 나에게 일어나고 있었다.

분명 1996년 10월 4일 오전 11시쯤이라 생각하고 시간 속으로 젖어들었는데, 대략 20분이 지나도록 진입하지 못하고 있었다.

'시간의 소용돌이쯤 되려나?'

빙글빙글 도는 것은 아니었지만 시시각각 다양한 시간대와 장소가 느껴지는 것이 소용돌이라는 표현이 딱 적절했다.

'언제까지 이러고 있어야 하는 건지……'

염의 에너지가 다는 것이 아니었으니 상관없었지만 염을 회수할 수가 없었기에 마냥 이대로 있을 수밖에 없었다.

1시간쯤 더 지났을까? 지루함에 잠이 들려 할 때쯤 시간 속으로 진입할 수 있었다.

'뭐야! 여긴 어디고, 시간은 왜 이래?'

강남이 아니라 산 중턱이었고, 태양을 보니 이미 서쪽으로 많이 기운 상태였다.

어제 최정연과 시간을 보내며 난 류성은의 두 번째 납치 사건에 대하여 들을 수 있었다.

초등학교 4학년 가을 운동회 때 다섯 명의 경호원에게 보호를 받고 있었음에도 납치를 당한 류성은은 경기도 남양주시 별내면 방면의 불암산으로 끌려갔다. 다행히 죽기 직전 근처를 지나가는 사람의 도움을 받아 구출되어 가족들과 연락이 닿을 수 있었다.

하지만 그녀의 불행은 그게 끝이 아니었다. 구해준 사람이 잠깐 자리를 비운 사이에 파렴치한을 만나게 된 것이다.

때마침 도착한 경호원들에 의해 험한 꼴을 당하기 전에 구해지긴 했지만 연이어 벌어진 충격으로 남성혐오증에 걸리게 되었다는 것이 최정연의 추측이었다.

이야기를 모두 들은 난 납치된 학교로 가서 납치 자체가 아예 일어나지 않도록 만들 생각이었다.

한데 시간의 소용돌이 때문에 그 계획은 물 건너가 버렸다.

'침착해. 일단 여기가 어디인지부터 알아내고, 한시라도 빨리 빙의할 대상을 찾아야 해.'

난 염을 산보다 높이 띄워 풍경을 살폈다.

'여기가 바로 불암산이구나!'

산의 좌측으로는 중계동 아파트 단지가, 우측으로는 별내면의 작은 마을들이 보였다.

조금 아래로 내려와 빙의 대상을 찾았다.

'아! 저기 저놈이 납치범이군.'

산 중턱에 여자애를 업고 가는 사내가 보인다.

서른쯤 되어 보이는데, 최정연을 통해 들을 때는 삼두육비의 괴물처럼 느껴졌지만 직접 보니 그저 덩치 큰 사내였다.

'저자에게 들어가면 되겠군.'

이왕 이렇게 된 거 납치범에게 빙의해 어린 류성은을 돌려주면 금세 해결될 일이다.

한데 오늘따라 일이 꼬이려고 하는지 사내에겐 빙의가 되지 않았다.

머릿속으로 돌진해 보았지만 마치 커다란 벽이 가로막고 있는 느낌이랄까. 게다가 몇 번 반복하자 사내는 이상한 느낌이 드는지 주위를 두리번거렸다.

'헐, 설마 날 느끼는 건가?'

두리번거리던 사내는 걸음을 멈추고 어린 류성은을 한쪽에 내려놓았다.

'거북이처럼 생긴 바위! 토끼 귀처럼 생긴 소나무!'

최정연이 류성은에게 들었다는 사건 장소에 대한 설명에 어린 류성은의 상상력이 웃기다고 생각했는데, 정말 비슷한 바위와 소나무가 있었다.

아니나 다를까, 두리번거리던 사내는 걸음을 멈추고 류성은을 내려놓고 있었다.

'젠장! 서둘러야겠다.'

난 납치범에게 빙의하기를 포기하고 빠르게 다른 사람을 찾아 헤맸다. 그리고 사건 현장과 멀지 않은 곳에서 심마니인지 산에서 수도를 하는 사람인지 모를 꽤 젊은 남자를 발견할 수 있었다.

다행스럽게도 이번엔 빙의가 제대로 되었다.

"이쪽이었지……."

빙의를 해 사내의 몸을 차지하자마자 바로 납치범이 있는 곳으로 달려갔다.

"헉헉! 헉헉! 헉헉!"

빙의한 인간, 심마니도 수도하는 사람도 아니었다. 숨을 내쉴 때마다 담배 냄새가 났고 얼마 뛰지도 않았는데 숨이 턱까지 차올랐다.

그나마 다행인 건 목욕은 하고 다니는지 몸 냄새만은 나지 않았다.

'하악, 하악, 하악! 사, 살아 있구나.'

현장이 보이는 곳에 도착한 난 일단 숨부터 돌리기 위해 나무 뒤에 숨었다. 지금 나서면 나부터 죽을 것 같았기 때문이다.

'위험을 감수하고 굳이 내가 나설 필요가 없지 않나?'

서서히 본래의 숨으로 돌아오자 정신도 돌아오기 시작했다.

지금쯤 어디 있는지는 모르지만 어린 류성은을 구했던—과거로 온 상태에서 과거형을 쓰는 건 이상하지만—사람이 이곳으로 오고 있을 게 분명했다.

'난 뒤에 만나게 되는 변태 같은 놈만 처리하면 돼. 근데 저인간은 꼬맹이한테 무슨 말을 하는 거야?'

납치범에 어울리지 않게 류성은을 앉혀놓고 뭔가를 말하고 있었다.

"…때문이야. …바랄게."

워낙 조용한 곳이라 바람 소리에 드문드문 말이 들렸는데 죽이러 온 사람치곤 꽤나 안타까운 목소리였고, 어렴풋하지만 꽤 슬픈 표정을 하고 있었다.

'납치범에 살인을 저지르려는 놈이 같잖은 휴머니스트 흉내를 내다니… 쯧!'

전해 듣기로 원한이나 묻지 마, 혹은 돈을 위한 납치는 아니라고 했지만 살인자의 가식으로밖에 보이지 않았다.

'수다스런 놈 때문에 이래저래 숨 돌릴 시간은 벌었다만 류성은을 구했다는 놈은 왜 아직 안 오는 건데?'

사내는 차츰 결심을 굳혀가는 듯 표정이 딱딱하게 굳어가기 시작했다.

난 어서 백마의 기사가 나타나길 바라며 주변을 둘러보다가 한 가지 잊고 있던 것이 기억났다.

'젠장, 그러고 보니 주위에 내가 빙의한 대상밖에 없었는데… 설마 이 인간이……?'

내가 빙의를 한 대상이 류성은을 구했을 가능성이 높았다.

다섯 명의 경호원을 소리 없이 쓰러뜨리고 류성은을 납치해 온 인물을 쓰러뜨리고 그녀를 구했다고?

이해가 되지 않았다.

잠시 뛰었다고 헐떡거리는 싸움의 고수는 없다.

'요행수가 있을 수도 있겠지. 아님, 저 인간이 생각보다 강하지 않을 수도 있고······.'

더 이상 생각할 시간이 없었다.

때마침 류성은은 모든 것을 포기한 듯 눈을 감았고, 사내의 손은 호주머니로 들어가고 있었다.

주변에 아무도 없음을 인정한 난 숨은 곳에서 벌떡 일어나 사내를 향해 할 수 있는 한 최고의 속도로 달려갔다.

"우아아아아! 이 나쁜 새끼! 크면 별로 귀엽지도 않을 어린 꼬맹이를 죽이려 하다닛!"

세상에 가장 바보 같은 짓이 습격을 하면서 기합을 내지르는 일일 것이다. 물론 상대가 아마추어라면 깜짝 놀라는 틈을 타서 공격에 성공할 수도 있겠지만 거리는 반격하기에는 충분히 멀었고, 내가 차지한 몸은 저질이었다.

그러나 그러한 사실을 잘 알고 있음에도 이럴 수밖에 없는 이유는 류성은을 살리기 위해서였다.

날 보고 이미 방어 태세를 갖춘 납치범을 향해 뛰기 전 바닥에서 한 움큼 쥔 흙과 돌을 던졌다.

전혀 맞을 것이라 생각하지 않은, 그저 단 0.5초라도 시간을 벌기 위해 던진 흙과 돌이 기적을 만들어냈다. 시작부터 엉망이던 오늘의 계획이 지금 이 순간의 큰 행운을 터뜨리기 위해서였나 보다.

아무렇게나 던진 흙이 납치범의 눈에, 그것도 양쪽 눈에 맞은 것이다.

'야구를 배우길 잘했어!'

야구를 권한 최상철에게 마음 깊이 감사하며 어느새 가까워진 납치범을 덮쳤다.

이제부터는 입식타격이든 그라운드 기술이든 다섯 명의 경호원을 쓰러뜨린 실력자라고 해도 어느 정도 붙을 자신이 있었다.

물론 시간을 끌어서는 절대 안 된다.

'초보다!'

같이 뒤엉켜 바닥을 뒹굴며 그라운드 기술을 거는 순간 납치범이 강하지 않다는 걸 알 수 있었다.

힘이 없다는 것은 아니다. 다만 너무나도 손쉽게 암 바(Arm bar) 자세를 허용했다.

그라운드 기술이 초보 같다고 해서 납치범을 결코 우습게 보지 않았다. 다섯 명의 경호원을 쓰러뜨렸다면 그만의 무기가 있을 게 분명하기 때문이다.

'부러뜨린다!'

인정사정 볼 것 없었다.

한데 막 팔을 꺾으려는 순간 그의 손에서 흐릿한 것이 보였고, 순간 염의 시선이 사라져 버렸다.

"이게 뭐야!"

회사 사무실 소파에 누워 있던 난 벌떡 일어나며 소리쳤다.

약물이나 무기로 인한 기절?

말도 안 된다!

따끔 하는 고통도 전혀 없었다.

팔을 부러뜨리는 것이 빙의 대상자의 인생이 크게 바꾸는 일이라 염이 소멸되었나?

아니다.

에너지가 줄어드는 느낌도 전혀 없었다.

머릿속으로 여러 가지 가정을 만들어보았지만 모두 얼토당토않은 것뿐이다.

"아, 돌아왔다!"

시야가 돌아왔다.

가장 먼저 보인 것은 빠르게 다가오고 있는 검은색 구두였다.

퍼억!

가까스로 손을 들어 막았지만 일부뿐이었다. 얼굴이 함몰되는 듯한 고통이었지만 난 고통에 익숙했고, 싸움에 능했다.

맞는 힘을 최소화하기 위해 최대한 몸을 젖혔고, 그 힘을 이용해 한 바퀴 뒹굴며 몸을 바로 했…….

"어구구!"

지금 이 몸이 김철의 몸이 아님을 잊고 있었다. 멋있게 서야 하는데, 힘을 주체하지 못하고 형편없이 한 바퀴를 더 구른 후에 일어났다.

암 바에서 빠져나온 그 기술에서 나오는 여유일까?

놈은 더 이상 공격하지 않고 기다리고 있다가 내가 몸을 바로 잡자 말했다.

"못 본 척하고 지나간다면 나도 널 못 본 척하겠다."

"그래 줄래? 사양하지… 않을게!"

난 돌아서는 척 몸을 비틀었다가 그 힘을 이용해 다시 납치범을 향해 돌진했다.

한데 그는 별다른 행동을 하지 않고 그저 손만 쭉 뻗을 뿐이었다.

"니가 무슨 깡통 입은 영화 주인공인 줄……!"

착각일까? 그가 뻗은 손바닥에서 주먹만 한 구슬 같은 것이 나오더니 피할 수 없는 속도로 날 향해 날아왔고, 그걸 맞는 순간 다시 블랙아웃이 찾아왔다.

그리고 다시 시야를 되찾았을 땐 조금 전의 반대편 바닥에 뻗어 있었다.

"씨발, 이게 무슨……."

어이가 없어서 욕이 터져 나왔다.

나 역시 나름 사기 캐릭터인데, 납치범은 영화에 나오는 강철 인간처럼 손에서 이상한 것을 뿜어냈다.

"포기해. 난 필요 없는 사람은 죽이지 않아. 하지만 내 일을 방해한다면……."

"개소리 마! 저기 크면 전혀 귀엽지 않을 애가 무슨 죄가 있는데? 나도 인간 같지 않은 놈이지만 그따위로 자기변명은 안 해! 볼 수 있다면 피할 수도 있는 법이야. 어디 네 기술이 어디까지 가나 해보자!"

"…구(球)가 보여?"

"그래, 보인다!"

뭐 때문인지 모르지만 무척 놀란 표정을 짓는 납치범을 향해 온 힘을 다해 접근했다.

잠깐 당황하던 그가 다시 손을 뻗었고, 아까와는 달리 축구공만 한 구체가 생성되었다. 난 그가 그럴 줄 알았기에 축구선수가 페인팅 모션을 하듯이 방향을 몇 번 꺾으며 더욱 가까이 접근했다.

'피했다!'

손바닥이 나를 향해 있지만 않으면 되는 일이다. 총까지 예측해 피할 수 있는 내가 비록 허접한 몸이라고 하지만 손동작을 못 피할 이유가 없었다.

다 피했다고 생각하고 득의만만한 표정으로 그에게 한 방 날리려고 할 때 거짓말처럼 시야가 어두워졌다.

"젠장! 유도 기능도 있는 거냐!"

소파에 누운 채 버럭 소리를 질렀다. 물론 그런다고 시야가 돌아오지는 않았지만 말이다.

한 가지 의문이 들었다.

이런 먼치킨 같은 인간을 담배에 절어 골골거리는 인간이 어떻게 이긴 걸까?

하지만 내가 빙의를 함으로서 과거가 변해 버렸기에 이제는 알 수 없는 일이 되어버렸다.

'그나저나 이번엔 왜 이리 길어?'

조금 전과 달리 이번 블랙아웃은 꽤나 길었다.

블랙아웃이 된 지 15분, 난 몇 시간이 지나는 듯한 느낌을 받아야 했다.

과거의 일이 미래에 반영되지 않는 것이 염이 과거에 있기 때문인지, 아님 아직까지 어린 류성은이 살아 있는 건지는 알 길이 없었기에 초조하게 시야가 돌아오길 바랐다.

그리고 5분쯤 더 지나서야 비로소 내 바람은 이루어졌다.

납치범은 멀찍이 떨어진 거북이 모양의 바위에 걸터앉아 담배를 피우고 있었고, 난 일단 어린 류성은의 생사를 살피기 위해 두리번거렸다.

그녀는 나와 약간 떨어진 곳에 얌전히 누워 있었다.

"살아 있다."

"…넌 도대체 뭐지?"

"우문이군. 제법 똑똑한 줄 알았는데… 뭐, 곧 이해하게 되겠지."

"뭔 소리야?"

"시끄러워. 힘도 제대로 쓸 줄 모르는 주제에 입만 살아서는. 내가 할 일은 끝났다는 소리야. 그 아이를 죽이든 살리든니 맘대로 해."

"…왜 마음이 바뀐 거지?"

"여기서부터는 내가 할 일이 아니거든."

과연 내가 묻는 질문을 이해라도 하고 있는 건지 의문일 정도로 납치범은 이해할 수 없는 대답만 하고 있었다.

"어쨌든 볼일은 없다는 말이군. 그럼 눈앞에서 사라져 줄래?"

"이거만 마저 피우고."

얄밉게 대답하는 납치범의 얼굴을 한 대 쳐버리고 싶었다. 그러나 불가능한 일임을 인정해야 했다. 아니, 조용히 물러나 주는 것만으로 고마워해야 할 일이었다.

난 그를 무시하고 자리에서 일어나 어린 류성은을 살폈다.

숨을 쉬는 것으로 보아 기절한 모양이다.

"나에게 한 방법으로 아이를 기절시킨 거라면 이제 풀어 주지?"

"내가 한 게 아냐."

"…그럼 내가 했냐?"

"응, 내가 아이의 고통을 덜어주고자 구(球)를 보냈는데, 그때 네가 날 공격하는 바람에 쇼크가 일어났어."

"네가 죽이려 해서 그렇게 된 거잖아!"

"그렇다고 죽이지는 않았잖아?"

'아! 이 빌어먹을 자식이랑 얘기를 하고 있으면 왜 이렇게 열이 받는 거지?'

하지만 이길 수 없는 자와 말싸움을 해봐야 나만 손해였다.

"이상은 없는 건가?"

"아마도. 곧 깨어날 거야."

깨어난다니 다행이다. 어리다고 하지만 이 허약한 몸으로 병원까지 데려가는 건 무리였다.

뺨을 때려 깨울 수도 없는 일이었기에 혹시나 모를 상황에 대비해 류성은의 옆에 앉았다.

'가려면 빨리 갈 것이지 또 담배를 물고 지랄이야?'

납치범은 담배를 끄고 다시 한 개비를 입에 물었다.

할 일이 없던 난 그의 눈치를 보다가 말했다.

"한 가지만 묻자."

"말해."

"네가 '구'라고 말하는 건 도대체 어떤 원리로 사용하는 거지?"

"적에게 가르쳐 달라는 건가?"

"그게 아니라 하도 신기한 기술이라서 말이야. 인간이 그런 기술이 가능한가 싶기도 하고."

"그리 어려운 게 아냐. 발상을 전환하면 되는 거지."

"발상을 어떻게 전환해야 하는데? 난 너처럼 대단하지 않거든."

살살 구슬리면 얘기해 줄 것 같았다. 그러나 그는 묘하게 웃으며 대답을 회피했다.

"넌 불가능해."

"……."

"지금의 넌 말이야. 이런, 시간이 얼마 없군. 아주 사소한 힌트였는데 핸디캡이 너무 커. 이래서 제대로 남기질 못했나 보군."

가르쳐 주기 싫으면 싫다고 할 것이지, 또 이해할 수 없는 혼잣말이다.

"난 이만 가야겠다."

"배웅은 안 할 테니 얼른 가."

"하하하! 매일 아침 거울을 보며 나를 잊지 말라고."

"무슨 거지 같은 소릴……!"

손까지 흔들고 가는 납치범을 어이가 없어 한참을 바라보았다.

"쳇! 정말 철저하게 미친놈이군."

얄밉긴 해도 왠지 모르게 끌리는 사람이다. 문득 그런 생각을 했다는 자체에 흠칫 놀란 난 애써 거칠게 말을 뱉곤 돌아섰다.

"그나저나 이러다가 날이 어두워지겠는걸. 업고 내려가야 하나?"

일어나지 못하고 있는 류성은을 보며 잠깐 고민할 때 꿈틀거리며 정신을 차렸다.

"정신이 드니? 아! 난 무서운 사람 아냐. 널 해치려던 사람은 내가 쫓아버렸어."

"……."

"왜? 어디 안 좋은 곳이 있어?"

"…아뇨, 괜찮아요. 구해주서서 감사합니다."

"으, 웅, 그래……."

놀라길 바라진 않았지만 처음 보는 나 때문에 다소 경계하
거나 놀랄 거라고 생각했다. 한데 어떻게 된 애가 말똥말똥
쳐다보다가 자리에서 일어나더니 고개를 숙여 인사했다.

'고작 4학년인데 귀여움이 전혀 없잖아!'

물론 납치당한 애한테 귀여움을 바라는 게 무리인 건 알지
만 마치 어른인 류성은을 보는 것 같아 내가 당황스러웠다.

"저… 한 가지 물어봐도 될까요?"

"웅, 말해."

"혹시 절 아세요?"

"왜 그렇게 생각해?"

"그냥 느낌이 그래요. 마치… 아, 아무것도 아니에요. 신경
쓰지 마세요."

성인이 되어서도 사람의 생각을 꿰뚫어 보더니 감각을 타고
난 모양이다.

어린 류성은의 어른스러움에 언제까지 놀라고만 있을 수
없었다. 내 힘은 아니지만 어쨌든 납치범은 해결했으니 이젠
이상한 변태 아저씨와 못 만나게 하면 남성혐오증은 사라질

것이다.

"곧 있으면 해가 질 것 같으니까 얼른 내려가자. 참, 그전에 집에 전화부터 하고."

"그럴게요."

류성은은 침착하게 자신의 호주머니에서 전화기를 꺼내 전화를 걸었다.

혹시 산이라 걸리지 않으면 어떻게 하나 싶었지만 기우에 불과했다.

"…불암산 중턱인데 별내면 방향으로 내려갈 거예요. 네, 거기요. 먼저 내려가게 되면 제가 들르던 슈퍼에서 기다릴게요. 그럼."

류성은은 이곳이 초행이 아닌 모양이다. 난 통화를 끝낸 그녀에게 물었다.

"여기 온 적이 있어?"

"네, 이번이 네 번째예요."

"여기 뭐가 있다고? 무덤도 없는 것 같은데?"

"……."

내 질문에 류성은은 아무 말 없이 고개를 숙였다. 처음으로 어린애다운 모습을 보였는데 그게 저런 슬픈 표정이라니.

"가자. 저기 거북이 바위와 토끼 귀 소나무가 보고 싶어서… 왔겠지."

말을 하면서 아차 싶었다. 하지만 말을 주워 담을 방법은 없었다. 그저 시치미를 떼고 놀란 눈을 한 채 나를 바라보는 그녀의 등을 밀며 산 아래로 내려가기를 종용했다.

"…엄마랑 온 곳이에요."

5분쯤 지났을 때쯤 어린 류성은이 애써 담담한 척 말했다.

"헉헉! 그래? 너희 엄마에게 의미가 있는 장소인가 보구나?"

창천그룹의 안주인이 별난 취미를 가지고 있다고 대수롭지 않게 생각했다. 그러나 그녀에게 숨겨진 과거가 있었나 보다.

"아무도 제가 기억 못할 거라 생각하겠지만 전 생생히 기억해요. 여기에 와서 거북이 바위와 토끼 귀 소나무에 대해 말해주던 엄마를요. 그 후로 간혹 생각날 때마다 이곳을 찾아왔어요."

"헉헉! 처음 온 것이 몇 살 땐데?"

"세 살이요."

"헉헉… 헉헉……"

"그보다 어릴 때도 기억나요. TV에 나오는 엄마의 모습, 화장대에 앉아 곱게 화장하는 엄마의 모습도."

"헉헉! 기억력이 탁월하네. 난 과거를 거의 기억 못해. 헉헉! 고작해야… 꿀꺽! 뭘 해야 하는지 정도만 기억해. 아……!"

"왜요?"

"아, 아무것도 아냐."

짐작에 불과하지만 납치범이 누구인지 알 것 같았다.

'빌어먹을, 이걸 이제야 눈치채다니!'

납치범은 과거의 나일 가능성이 높았다.

거울을 보면서 자신을 떠올리라는 말도, 염의 사용법을 말해주고 핸디캡 운운한 것도.

이제야 그의 이상행동들과 말이 하나씩 이해되기 시작했다.

그의 손에서 나온 것은 염이었고, 블랙아웃은 내 머리를 그가 차지하는 순간이었던 것이다.

과거의 나와 현재의 내가 만나는 날이 바로 오늘이었던 것이다.

난 발을 헛디뎌 몇 바퀴 구르고서야 과거의 나에 대한 생각을 한편으로 미루어둘 수 있었다.

"괜찮으세요?"

"괘, 괜찮아. 하하, 다리에 힘이 풀렸나 보다. 윽!"

"…다리에!"

나뭇가지에 다리를 찔려 피가 나고 있었다.

"이 정돈 괜찮아."

난 나뭇가지를 뽑아내고 안에 입고 있던 옷을 찢어 대충 묶었다.

상처는 약간 따끔거리는 정도로 충분히 참을 만했지만, 문제는 이 작은 상처가 몸 주인의 인생에 크게 영향을 미쳤는지 지금까지 거의 달지 않고 있던 염의 에너지가 3분의 1까지 떨어졌다.

"잠깐 쉬었다가 가요."

"이깟 걸로 뭘 쉬어? 해가 지면 더 곤란해지니까 얼른 내려가자."

내색하지 않으려 했지만 다친 부위가 안 좋았는지 자연스럽게 절뚝거리게 됐고, 류성은은 계속해서 힐끔거렸다.

난 주의를 돌리기 위해 말을 걸었다.

"한데 너, 과거에 무슨 일이 있었는지 모르지만 너무 어른스러워지려고 하지 마."

"…그런 거 없는데요."

"너, 친구 없지?"

"이, 있어요!"

"아니, 없을걸. 널 좋아하는 남자들은 많겠지만 아마 말도 걸지 못할 거고, 여자애들은 처음엔 친근하게 구는데 워낙 무뚝뚝하니 재수 없다 생각하고 곧 떨어져 나갈걸."

난 최정연이 말해준 류성은에 대한 첫인상을 그대로 옮겼다.

"한 발자국만 앞으로 다가가. 짧은 과거 때문에 창창한 미래가 불행하다면 너무 억울하지 않아?"

류성은은 내 말을 충분히 머릿속으로 곱씹고 난 뒤에 입을 열었다.

"…겉으로 보이는 것만 보고 사람을 판단하는 건 옳지 않은 일이라고 생각해요. 물론 아저씨의 추측은 맞아요. 친구가… 없어요. 그래서 저도 노력 중이에요. 한데 있잖아요……."

그녀는 걸음을 멈췄다. 그러곤 길게 한숨을 내뱉더니 어딘지 모를 곳을 바라보며 말을 이었다.

"의지대로 한다고 바뀌는 것이 없다면 어떻게 하죠? 전 아직 힘이 없어요."

"그럼 바싹 엎드려."

"네?"

"남자든 여자든 많은 친구를 사귀라고 말했더니 이상한 고민을 말하냐? 음, 무슨 일인지 모르겠지만 헤쳐 나가려고 하니까 힘든 거야. 남들이 볼 땐 버틸 힘이 있다고 생각하고 더 조이는 거지. 만약 엎드려서 죽지 않는다면 웅크리고 때를 기다려. 그리고 나중에 일어설 수 있다고 판단될 때 일어나. 비겁하다? 지는 것 같다? 그딴 건 생각하지 마. 비겁하면 어떻고, 지면 어때? 최후에 이기는 놈이 이기는 거야."

옳은 충고일까 생각해 봤지만 수많은 사람의 생각과 내가 살아온 삶을 돌아보고 하는 충고였다.

흔히 말하는 넘사벽을 만났을 때 좌절하지 말고 일단은 움츠리라는 것이다. 그리고 그 넘사벽은 시간이 지나 그것이 사실은 한없이 작은 존재였다는 걸 깨닫게 되었을 때 넘으면 되는 것이다.

"…10년이 지나서도 못 일어나면요?"

"그럼 10년 더 엎드려 있으면 돼. 물론 죽을 때까지 못 일어날 수도 있겠지. 그럼 그때 졌다고 순순히 인정하면 돼."

"죽기 전에도 인정하기 싫다면요?"

"그럼 다음 대에 맡기는 거지. 우공이산이라는 사자성어를 생각해 봐."

생각해 보라고 말해서일까, 류성은은 더 이상의 질문 없이 묵묵히 산을 내려갔다.

그 모습이 왠지 모르게 짠해 나도 모르게 다시 한마디 했다.

"내가 첫 번째 친구가 되어줄게. 물론 두 번 다시 만나긴 힘들겠지만 마음속 친구 한 명쯤 있어도 되잖아. 안 그래?"

류성은이 날 물끄러미 쳐다보았다.

워낙 속마음을 잘 알아차려서인지, 아니면 어린아이의 맑은 눈으로 봐서인지 걸릴 것도 없는데 움츠러들었다.

"…제가 손해인 것 같은데요?"

"헐~ 너……."

"하지만 절 구해주셨으니까 특별히 해드릴게요."

"하하하, 지금처럼만 자라면 넌 분명 왕따계의 샛별이 될 거다."

"아닐걸요? 아저씨 말처럼 친구를 사귀기 위해 노력해 볼 거예요. 그래서 평생 갈 친구를 구할 거예요!"

"그래그래, 분명 구하게 될 거다."

처음 보는 귀여운 모습에 피식 웃으며 수긍하는 수밖에 없었다.

"한데 아저씨는 몇 살이에요? 산은 어떤 일로 왔고요? 여긴 사람이 별로 오지 않는 곳이거든요."

친구가 되었다고 생각했는지 류성은이 말이 많아졌다. 나 역시 그녀의 말에 보조를 맞추며 마치 하산을 하는 사람들처럼 재미있게 산을 내려갔다.

한데 산을 다 내려가기도 전에 문제가 생겼다.

'젠장! 목적지까지 버틸 수가 없겠는걸.'

다리의 상처에서 올라오는 고통이 커지면 커질수록 염의 에너지는 빠르게 사라지고 있었다.

10분 정도면 목적지에 도착할 수 있을 것 같은데 5분 정도밖에 버틸 수 없을 것 같았다.

"성은아."

"네, 아저씨."

"아저씨가 널 보호자들이 오는 곳까지 무사히 데려다 주고 싶은데, 그럴 수 없게 될 것 같아."

"…급한 일을 잊고 있었나요?"

담담하게 말하는 아이의 모습에 심장 한구석이 뭔가에 찔리는 듯한 느낌을 받았다.

"미안. 설명을 못할 일이라 네가 말한 대로 나도 말할 수 없는 점을 이해해 다오."

"…이해해요."

"일단 가는 곳까진 가겠지만 5분 정도는 혼자 가야 할 거야. 그리고 혹시나 이상한 사람… 맙소사, 그놈이 바로 이놈이었어!"

말을 하다 말고 난 중요한 사실 하나를 깨달았다.

내가 차지한 인간이 바로 어린 류성은에게 남성혐오증을 일으키게 하는 자라는 사실이다.

제2장

실마리

"이제부터 최대한 빨리 보호자들이 오는 곳으로 뛰어가. 난 너와 반대로 뛸 테니까."

류성은은 갑작스럽게 수선을 떠는 김철을 보곤 살짝 인상을 찌푸렸다.

'이 아저씨가 급하게 서두르는 건 진심으로 날 걱정하고 있기 때문이야. 한데 무엇으로부터 날 걱정하는 거지? 날 죽이려던 남자가 다시 오고 있는 건가?'

류성은은 오늘 하루가 길어도 너무 길었다. 남들이 보기엔 평소의 성격 때문에 평소와 같은 모습으로 보였겠지만 혼란의 연속이었다.

2학년 때 납치를 당한 다음 그녀의 아버지가 붙여준 경호원들은 일당백은 아니더라도 일당십은 충분히 가능하다고 들었는데, 그들 다섯 명을 무력화시키고 나타난 사내를 봤을 땐 모든 것을 포기하기에 충분했다.

지난번 납치범들과 달리 이번 납치범은 조금 달랐다. 차를 태우자마자 그녀를 죽여야 한다고 꽤나 담담하게 말했기 때문이다.

류성은은 자신을 죽이는 이유에 대해 묻지도, 살려달라고 빌지도 않았다. 그저 자신이 죽고 싶은 장소를 말했다.

친엄마와 헤어지기 전에 갔던 장소로 두 번쯤 더 다녀온 적이 있는 곳이다.

납치범은 의외로 순순히 그녀의 말에 응해주었다. 게다가 산길을 걷는 게 안쓰러웠는지 산길을 올라가는 내내 업어주었다.

웃기게도 자신을 죽일 사람임에도 나쁜 사람 같지 않다는 생각마저 들었다.

드디어 그 장소에 도착하자 남자는 그녀가 죽어야 하는 이유에 대해서 장황하게 설명했다. 워낙 횡설수설해서 정확한 것은 알 수 없었지만 확실한 건 미래에 해가 되어서라는 이유에서였다.

납치범은 마지막으로 미안하다는 말을 했고, 그녀는 고통 없이 보내달라고 부탁했다.

눈을 감았고, 곧 정신을 잃었다.

눈을 떴을 때 죽었으리라고 생각한 자신이 살아 있다는 것에 놀랐지만 그녀를 구했다고 하는 노숙자처럼 생긴 중년 아저씨의 생각이 들리는 듯한 느낌만큼 놀라진 않았다.

처음엔 그저 충격으로 인한 착각이라고 생각했는데 아저씨와 대화를 하면 할수록 사람의 생각을 대충이나마 읽을 수 있게 되었다는 걸 깨달았다.

아저씨는 정말 좋은 사람이었다.

대부분 진심으로 자신을 생각해서 하는 말이었다. 그리고 전혀 어른답지 않은 충고를 한 뒤 친구가 되어주겠다고 했을 땐 피식 웃음이 나왔다. 아니, 솔직히 너무너무 기뻤다.

"내 말 듣고 있니? 얼른 내려가. 절대 뒤돌아보지 말고, 혹시 날 다시 만나면 절대 나라고 생각하지 말고. 젠장! 또 줄었어! 꼭 기억해! 언젠가 다시 보자고, 친구."

참 희한한 성격이었다.

이해할 수 없는 말을 하다가 화를 냈고, 또 금세 다정하게 말하고, 또 화를 냈다가 손을 흔들며 작별 인사를 했다.

이름이라도 알고 싶었지만 어느새 아저씨는 급하게 산 쪽으로 뛰어가고 있었다.

류성은은 그가 말하는 것이 이상하긴 했지만 모두 진심이라는 걸 느꼈기에 서둘러 걸음을 옮기기 시작했다.

하지만 해가 산 너머로 지며 어둑어둑해진 산길은 꽤나 위험한 곳이었다.

"아악!"

서두르다 보니 낙엽에 가려져 있던 나무뿌리에 걸려 심하게 넘어졌다. 다리가 접질렸는지 걷기가 쉽지 않았다.

그러나 참는 것엔 이미 이골이 난 상태.

발을 디딜 때마다 전기에 감전되는 듯한 고통이 일었지만 꿋꿋이 걸었다. 하지만 걸음은 자연 더뎌질 수밖에 없었다.

'이제 조금만 더 가면……'

다리의 감각이 없어질 때쯤 경호원들과 만나기로 한 슈퍼가 멀리서 보였다. 하지만 그녀의 하루는 아직 끝난 것이 아니었다.

"꼬마 아가씨, 어디 가? 많이 다쳤나 보네?"

목소리를 듣고 아저씨가 다시 돌아왔나 싶어 반갑게 돌아보던 그녀는 등줄기가 섬뜩해지는 느낌을 받았다.

분명 사람은 똑같은 사람이었으나 그에게서 전해 오는 생각은 전혀 달랐기 때문이다.

날 다시 만나면 절대 나라고 생각하지 말고!

아저씨가 떠나기 전에 한 말을 들었을 때는 이상하다고 생각했지만 직접 보니 왜 그런 말을 했는지 알 수 있었다.

"내가 치료해 줄 테니 가만히 있어봐."

"아, 아니에요. 저기 슈퍼에서 기다리는 사람이 있으니 거기

가서 치료 받으면 돼요."

"쯧쯧! 접질린 것 같은데 계속 그렇게 걷다간 큰일 나. 내가 업어서 금방 데려다줄게."

번들거리는 눈빛과 느끼한 말투, 자신에게 품고 있는 끔찍한 생각이 전해졌다.

'그 아저씨가 아니야!'

그가 아니라는 걸 확신한 류성은은 특유의 침착함을 되찾곤 아무렇지도 않게 말했다.

"정 그렇게 말하시니 감사드려요. 그럼 조금만 신세를 질게요."

첫 번째 납치를 당한 후, 우연히 무술에 능통한 사람을 만나게 되었고, 그에게 수련을 받은 지 2년째였다.

물론 대단한 무술이고 또래에선 벌써 그녀를 당할 사람이 없을 정도였지만 상대가 어른일 때는 무방비의 상태라면 모를까, 정상적인 상태에서 제압하는 것은 힘들었다.

"허허허, 그러려무나. 그래야 착한 아이지."

당장 덮칠 듯이 다가오던 그는 류성은의 말에 살짝 긴장을 놓았고, 류성은은 그 기회를 놓치지 않았다.

아까 아저씨가 다친 발 부위를 자신의 아픔은 생각지 않고 사정없이 걷어찼다.

"악! 이, 이년이……!"

그는 성인치고 다소 허약했고, 맞은 곳이 무릎 쪽이라 사내는 바닥에 허물어지듯이 넘어졌다. 그러나 부러뜨리기엔 역부족이었다.

욕을 하는 그를 향해 두 번째 발길질을 했다.

아까는 우에서 좌로 차는 방식이라면 이번엔 직선으로 쭉 뻗어 찌르듯이 찼다.

퍼억!

"……!"

발에 뭔가가 터지는 듯한 느낌이 살짝 들면서 남자는 비명도 지르지 못하고 눈을 까뒤집으며 쓰러졌다.

류성은도 무사하지는 못했다.

때리는 순간 다리부터 뇌까지 번개를 맞은 듯한 통증이 밀려들었다. 참으려야 참을 수 없는 고통.

"꺄아아악!"

그녀의 비명 소리가 조용한 산을 울렸다.

그리고 그녀의 비명 소리를 듣고 막 슈퍼에 도착해 산으로 올라오던 경호원들이 도착했다.

*   *   *

짹짹짹! 졸졸졸! 뻐꾹뻐꾹!

스마트폰이 우는 소리에 류성은은 정신이 들었다.

호흡법과 무술 수련을 마치고 잠깐 숨 좀 돌린다는 것이 잠이 든 모양이다.

무리도 아니었다.

초등학교 4학년 이후로 심한 스트레스 때문에 잠을 이루지 못하다가 중학생이 되어서야 겨우 세 시간씩 잘 수 있게 되었는데, 그것이 지금까지 이어지다 보니 항상 잠이 부족했다.

그러나 잠을 자지 않아도 죽지 않는다는 것을 알게 된 후론 별로 신경 쓰지 않았다. 운동을 열심히 하고 나면 간혹 보상처럼 짧은 숙면이 주어지는 것에 만족하며 살고 있었다.

"…또 그때 꿈을 꿨네."

그녀의 말엔 약간의 그리움이 담겨 있었다.

현재의 그녀를 살아가게 하는 것이 바로 그날의 기억이기 때문이다.

그러나 그리움의 순간은 짧았다. 언제나 그렇듯 해야 할 일이 있었고, 결정을 기다리는 서류를 검토해야 했다.

사무실 한쪽에 마련된 욕실에서 샤워를 마치고 깔끔한 정장으로 갈아입은 그녀는 다시 책상에 앉았다.

뚜우~ 뚜우~

30분쯤 일에 집중을 하고 있을 때, 낮은 비프 음과 함께 인터폰의 한 부분이 깜박거렸다.

류성은은 서류에서 시선을 떼지 않고 버튼을 눌렀다.

"네, 언니. 말씀하세요."

인터폰의 깜박이는 위치만으로 회사의 어느 곳에서 전화가 왔는지 알 수 있었다. 지금 온 곳은 법무팀이었고, 법무팀에서 이 시간에 전화할 사람은 한 명뿐이었다.

류성은이 다섯 손가락 안에 꼽을 정도로 믿고 있는 하지영 변호사다.

─내 이럴 줄 알았어. 오늘이 무슨 날인지는 알고 있는 거야?

"반드시 알아야 할 거 아니면 나중에 말해줄래요?"

─오늘 회장님 생신이야.

"아! 잊고 있었다."

─데스크에 적당한 선물을 마련해 두었으니 얼른 챙겨서 집으로 가.

"나, 언니 없었으면 어떻게 살았을까?"

─다른 년 꼬드겨서 나처럼 일을 시켰겠지. 아무튼 지금 당장 일어나서 준비해. 지난번처럼 잠깐 일한다고 늦지 말고.

"네, 네, 이미 일어났어요."

입은 일어났지만 엉덩이는 여전히 의자에 굳건히 붙어 있었다.

─당장 안 일어나? 나도 결혼 좀 하자. 오늘 데이트 있단 말이야!

"정말? 언제 보여줄 거야?"

─너한텐 절대 안 보여줘. 세상에 널 만족시킬 남자가 어디 있어?

"있어."

─상상 속의 그 님? 제발 정신 좀 차려. 누구나 욕심은 있어. 그게 크냐 작으냐의 문제지. 어쨌든 얼른 무거운 엉덩이나 떼시죠, 사장님. 오늘은 정말 두 번 다시 연락 안 할 겁니다.

"남자 때문에 어린 동생을 버리시다니 유감입니다, 변호사님."

─이젠 어린 동생보다 남자가 필요한 나이거든요? 그럼 난 퇴근한다.

하지영 변호사가 전화를 끊자 류성은은 어쩔 수 없다는 듯 서류를 덮고 자리에서 일어났다. 웬만해선 싫은 소리 하지 않는 그녀가 이 정도까지 말했다면 혼자만의 편의를 생각해선 안 됐다.

사무실을 나와 데스크에서 선물을 찾은 류성은은 차에 올라 하지영에게 출발한다는 메시지를 보냈다. 그리고 눈을 감고 마음의 준비를 했다.

그녀를 알고 있는 모든 사람이 알고 있는 남성혐오증은 사실 거짓이었다.

두 번째 납치에서 무사히 구출된 그녀는 걱정하는 가족들을 만나게 되었는데, 그때 사람의 생각을 읽는 능력으로 끔찍한 사실 하나를 알게 되었다.

첫 번째 납치가 그녀가 오빠라고 부르는 이들에 의해 이루어졌고, 그들이 자신에 대해 어떻게 생각하는지 알게 된 것이다.

자신을 죽이도록 미워하면서도 겉으로는 괜찮으냐고 상냥하게 물어오는 오빠들의 모습에 자신도 모르게 비명을 질렀고, 이상하게 생각하는 그들에게 범인 때문에 남성혐오증이 생겼다는 거짓말을 할 수밖에 없었다.

15년간 수없이 정신과 의사를 만났음에도 낫지 않는 이유는 여기에 있었다.

"사장님, 도착했습니다."

"두 시간쯤 걸릴 거예요. 경호원들과 함께 저녁 식사 하세요."

차에서 내린 류성은은 바로 집으로 들어갔다.

세 명의 나이 많은 오빠 내외는 이미 도착해서 거실에 앉아 아버지와 얘기를 나누고 있었다.

"저 왔습니다."

"조금 서두르는 게 좋지 않겠니? 막내가 제일 늦으면 어떻게 하냐?"

장남인 류인석이 한마디 했다.

"죄송해요. 처리할 일이 있어서 늦었어요."

"너만 바쁜 사람 아니다. 다음부터는 조금 서두르도록 해라."

"네, 오빠."

숨죽여 살아온 덕분인지 몇 년 전만 해도 10분 정도는 주구장창 들었을 잔소리가 두 문장으로 끝이 났다.

물론 그녀의 아버지가 옆에 있다는 점도 한몫했겠지만 말이다. 하지만 오빠들은 몰랐다. 혹시 오빠들이 자신에 대해 뭐라고 말하면 절대 나서지 말아달라고 아버지에게 부탁했음을.

"아빠, 생신 축하드려요."

류성은은 아버지 볼에 가볍게 뽀뽀를 하며 말했다.

이 집안에서 유일한 그녀의 편이고 세상에서 가장 믿고 사랑하는 사람이 아버지였다.

"오냐, 밥은 잘 먹고 다니는 게냐?"

"물론이죠."

"앉거라. 작년에 내가 내어준 숙제를 잘하고 있는지 얘기를 나누고 있었다."

류성은은 조용히 끝의 소파에 가서 앉았다.

작년 그녀의 아버지는 세 오빠와 류성은에게 회사 하나씩을 맡겼다.

큰오빠에겐 창천그룹의 주력인 통신을, 둘째오빠에겐 건설을, 셋째오빠에겐 유통을, 그리고 마지막으로 류성은에겐 가장 취약한 화학을 맡겼다.

그리고 앞으로 5년간 가장 큰 성장을 이룬 회사가 창천그룹의 후계자가 된다는 것이었다.

성장률이 절대치는 아니었다. 그렇다면 화학이 가장 유리하기 때문이다.

어쨌든 복잡한 방식으로 되어 있는 계산에 따르면 가장 유리한 건 통신이고, 가장 불리한 건 화학이었다.

획기적인 성장을 이루지 않는 이상 류성은이 후계자가 되는 건 절대적으로 불가능한 일이었다.

그러나 생각해 보면 절대 후계자가 될 수 없는 그녀가 불가능해 보이긴 하지만 그래도 0.01퍼센트의 가능성을 얻게 된 것이니 절대 나쁜 조건이라 할 수 없었다.

"아까 하던 얘기 계속하마. 올해는 둘째가 첫째에 비해 조금 앞섰구나. 아주 근소한 차이이니 절대 자만하지 말고 열심히 하도록 해라."

"알겠습니다, 아버지."

"축하한다, 지석아."

"네, 형님."

1등을 한 류지석의 얼굴은 밝지 않았고, 그에게 칭찬을 하는 류인석의 얼굴은 나쁘지 않았다.

'대통령이 죽으면서 현재 진행 중인 하천 사업의 진행 여부가 불투명해져서겠지.'

건설 재벌들이 1년만 지나면 원래대로 돌아갈 하천의 밑바닥을 판다는 명목으로 나랏돈을 날로 집어삼키고 있었는데, 그 사업이 멈춰 버린 것이니 류지석으로는 안타까울 수밖에 없었다.

"3등은 셋째, 4등은 넷째가 했구나. 차이가 조금 나지만 포기할 정도는 아니라고 이 아비는 생각한다. 그러니 최선을 다하도록 해라."

"…네."

"예, 아빠."

"자, 이젠 일 얘기는 미뤄두고 저녁이나 먹자꾸나."

모두 둘러서 식사를 하는 동안 세 오빠 내외는 이런저런 얘기를 하며 환심을 사려고 했지만, 류성은은 있는 듯 없는 듯 식사에만 열중했다.

그러면서 세 오빠와 어머니를 한 번씩 바라보는 것을 잊지 않았다.

'굴러온 돌이 박힌 돌을 어떻게 빼는지 보여줄게. 기다려! 너희들이 나를 죽이려 한 일은 잊지 않고 있으니까. 내가 일어서는 날, 당신들은 가장 끔찍하게 죽게 될 거야!'

이상하다고 생각했던 아저씨의 말이 그녀 인생의 가장 큰 모토가 되고 있었다.

음흉하고 욕심 많고 거기에 여자까지 밝히는 민종수와 약혼을 이어가는 이유 또한 그의 아버지가 가진 돈이 필요해서였다.

"왜, 내 얼굴에 뭐가 묻었니?"

"아니에요, 어머니. 건강해 보여 너무 좋아서요. 부디 오랫동안 건강하세요."

"…식사나 하렴. 내 건강은 내가 알아서 하마."

류성은은 비수를 숨긴 채 가족들을 향해 미소를 지어 보였다.

*   *   *

시간을 옮겨 다니는 내게 과연 정해진 운명이라는 것이 있을까?

이번 여정 전이었다면 분명 말도 안 되는 소리라고 말했겠지만 지금은 정해진 운명이 있음을 인정할 수밖에 없었다.

지금까지 인생 바꾸기를 할 때 염이 소멸되는 순간 미래가 바뀌었는데, 이번엔 사소한 것 하나도 바뀌지 않았다.

시간의 소용돌이, 과거로 가서 발생한 일들을 돌이켜 보면 난 어떻게 하던 류성은이 납치되었던 곳으로 가게 될 운명이었다는 걸 알 수 있었다.

"한 가지라도 얻은 것이 있으니 다행이네."

물론 아직까지 염의 에너지를 무기로 사용하는 방법에 대해선 알 수가 없었지만 그래도 언젠가 쓸 수 있다는 것만으로도 대단한 무기를 얻은 것이나 다름없었다.

"그나저나 여기가 아니었나?"

난 낯선 골목에 숨어 누군가를 기다리고 있었다.

최근 염이었을 때의 기억이 하나둘씩 살아났는데 하필이면 대부분 범죄의 피해자가 되어 죽어가던 기억들이었다.

이전이었다면 그냥 그런가 보다 하고 지날 일이었지만 사건이 일어나는 시간도 가까웠고 염의 에너지도 채울 겸 기억 속 사건 현장으로 나온 것이다.

"으~ 춥다! 이러니 골목에 아무도 없었지."

좁은 골목길에 기승을 부리는 추위 때문에 지나다니는 사람도 없고, 집들이 다닥다닥 붙어 있어 CCTV도 없으니 범죄 장소로는 최적이었다.

'온다!'

다리에 감각이 없어지려 할 때쯤 다급한 여성의 하이힐 소리가 들려왔다.

"…헉헉!"

내가 빙의했던 여자는 늑대에서 쫓기는 토끼처럼 걸음을 재촉하고 있었다. 그러나 그건 먹이를 노린 늑대에겐 의미 없는 몸부림에 불과했다.

"학……!"

"조금만 떠들어봐. 이 칼이 네 목에 파고들 테니까."

골목에 내가 있는 줄도 모르고 사내는 여자를 덮쳤다. 그리고 입을 막고 비릿한 목소리로 협박했다.

'이 빌어먹을 자식이!'

지금 협박을 당하고 있는 여자가 유린당하는 기억을, 칼에 찔리는 기억을, 추위에 얼어 죽는 기억을 가진 난 녀석의 협박을 듣는 순간 마치 내가 당하는 듯한 느낌을 받았다.

난 골목을 나와 놈이 여자를 데리고 간 막다른 골목으로 들어갔다.

놈은 정신없이 여자의 스타킹을 찢고 있느라 날 보지 못하고 있었다.

괜스레 여자가 다칠 수 있었기에 일단 칼을 든 놈의 팔을 잡았다.

"넌 뭐야? 이 씨팔……!"

뿌드득!

"으아아악!"

"조용히 해!"

콰직!

"쿠엑, 큽!"

장갑을 끼고 있었기에 마음껏 그의 입을 쳤다. 앞니가 부러져 입안에 박히며 피투성이가 되었지만 개의치 않았다.

"아가씨는 얼른 집으로 가세요."

"…가, 감사합니다."

여자는 우는 얼굴로 감사를 표한 후 뒤도 돌아보지 않고 떠났다. 그리고 난 부러진 팔을 놓아달라는 듯 애처로운 눈빛으로 날 바라보는 연쇄살인범에게 말했다.

"넌 오늘 밤 나와 같이 좀 보내야겠다."

사내는 고개를 절레절레 흔들었다.

"좋다는 의미지?"

"아으으으으~!"

"너 여자들하고 일 끝내고 '넌 몇 번째야?'라고 말한 다음 항상 '죽을래, 살래?' 하고 물었잖아. 그때마다 여자들이 살고 싶다고 말해도 죽였고. 넌 원래 청개구리잖아. 안 그래?"

어떻게 알았냐는 듯 놀란 표정을 지었지만 난 무시하고 말을 이었다.

"죽이진 않을게. 평생 고통 속에서 헤매며 살게 될 거야. 참, 자수는 안 했으면 좋겠어. 좀 나아지면 병원으로 다시 찾아갈게. 그럼 일단 다리부터 시작하자."

"으으으으, 아아아아아!"

고개를 흔들며 뭔가 말하려 했지만 들을 생각은 애초에 없었다. 난 단전의 힘을 풀고 발을 추켜올려 놈의 발을 힘껏 밟았다.

*　　　　*　　　　*

"너, 요즘 다른 여자 만나지?"

새해 들어 처음 만난 최정연이 식사를 멈추며 조용히 물었다.

"아니."

드라마에 영화에 틈이 날 때마다 염의 에너지를 채우러 다니는 내가 다른 여자를 만날 틈이 있을 리가 없다. 물론 그러다 보니 자연 최정연을 만날 시간도 없었지만 말이다.

"솔직히 말해도 돼. 나 쿨한 여자야."

세상에 쿨한 여자는 드물다. 특히 즐기기 위해 만나는 관계가 아니라 조금 가까워진 상태라면 더욱더.

"정말이야. 밤에 연락이 안 된 것 때문에 그렇게 생각하는 것 같은데, 사실 요즘 내 연기 때문에 조금 고민이 있어서 그래."

"연기가 왜?"

"왠지 선배에 비하면 많이 부족한 것 같아서 말이야. 그래서 집에서 연습 좀 했어."

"뭐야, 연기 때문에 그런 거야? 그럼 나한테 말을 하지 그랬어. 내가 충분히 도움 줄 수 있었는데."

"그럴까도 했는데 내 자신을 먼저 알아야겠다고 생각해서 거울 보고 연습 좀 해봤어."

"성과는 있었어?"

"딱히. 그냥 지금이 제일 좋은 것 같기도 해. 조덕한 선배님께 물어봤더니 지금 갑자기 연기가 바뀌어도 이상하다고 일단 영화하고 드라마 끝난 다음에 생각하라고 하더라."

"틀린 말 아냐. 이번 영화랑 드라마 끝나면 나도 도와줄게. 그런 줄도 모르고 난 괜히……."

"하하하! 의심했어?"

"아, 안 했거든!"

발끈해서 말하는 모습이 꽤 귀여웠다.

한참 일상적인, 별로 대수롭지 않은 얘기를 재미난 듯이 말하고 듣고 있는데 사무실에서 전화가 왔다.

"네, 상무님."

—지민이 일로 전화 드렸습니다.

호수의 비친 달의 첫 방송은 대통령이 죽으면서 원래의 방송 일자보다 일주일 미뤄진 1월 10일이었다. 그런데 오늘이 1월 2일인데 아직까지 여지민의 노래를 OST로 쓰겠다는 전화가 없어 미래가 바뀐 것이 아닐까 걱정하고 있던 차다.

"지민이 노래를 OST로 쓰겠다는 전화였습니까?"

─…사장님께선 예상하고 계셔서 저한테 알려달라고 하신 겁니까? 혹시 사장님께서 힘을……

"제가 무슨 힘이 있다고요. 그래서요?"

─무조건 허락했죠. 웃돈이라도 얹어줘서라도 하고 싶은 일인데요.

"잘하셨습니다. 그리고 내일부터 행사는 잡지 마시고 지민이 두 번째 미니앨범 준비시키십시오."

─이번에도 지민이가 작곡한 곡으로 하실 겁니까?

"물론이죠. 그리고 크게 신경 쓸 것 없이 1집처럼 담백하게 만들면 될 겁니다."

호수에 비친 달이라는 드라마의 OST로 뜬 여지민은 국민 여동생이라 불리며 승승장구하게 되는데, 특히 돈을 들이지 않기 위해 기타 반주에 담담하게 부른 것 때문에 오히려 전 세대에 사랑받는 가수가 될 수 있었다.

"좋은 일인가 봐?"

"응, 소속 가수의 앨범을 드라마 OST로 쓰고 싶다고 연락이 왔대."

"회사에 가수가 있었어?"

"이제 앨범 낸 지 두 달 된 애야. 앞으로 우리 회사를 먹여 살릴 가수이기도 해."

"그 정도야? 얼굴은 예뻐?"

"또 이상한 상상 한다. 걔, 올해 고등학교 2학년 되는 애거든? 혹여나 남자는 다 어린 애들을 좋아할 거란 생각은 버려. 싫어하진 않지만 애들은 싫거든."

"3년 후에도 과연 그런 말이 나올까?"

"그건 3년 뒤에 생각하기로 하자. 지금은 안중에 없으니까."

"하여간 남자들은……. 그건 그렇고, 해외 나갈 준비는 다 했어?"

영화 대도의 해외 촬영 때문에 2주간 마카오에 다녀올 예정이다. 물론 중간에 한 번은 드라마 촬영을 위해 한국에도 들러야 하지만.

"준비랄 게 있나. 먹는 것과 영화에서 입을 옷은 의상 팀에서 알아서 해줄 테고, 2주간 입을 옷가지와 카드 한 장이면 되지 않아?"

"하긴 남자는 여자에 비하면 챙길 게 없긴 하겠다. 참, 그리고 괜히 나라 망신시키는 일은 하지 마. 한류 때문에 배우들 얼굴 잘 아는 사람들이 상당해."

"하하! 걱정 마. 남은 이틀 동안 남김없이 쓰고 가면 되니까."

"이 주일 치를 이틀 동안 하자고? 피~ 시간은 있기나 하고?"

"물론이지! 그럼 지금부터 시작할까?"

"지금?"

식사가 약간 남아 있었지만 이미 생각이 침대로 가 있는 이들에겐 의미 없는 음식이었다.

*　　　*　　　*

"함대익! 널 여연호 살인 혐의로 체포한다!"

방찬희는 바닥에 엎드린 함대익에게 수갑을 채운 후 외쳤다.

"나, 난 죽이지 않았소!"

"그야 조사해 보면 알겠지."

"저, 정말입니다. 전 그저 돈을 훔쳤을 뿐입니다."

"알았으니까 따라오기나 하쇼."

왜소한 장년의 사내가 울먹이면서 말하니 계속 강압적으로 나가기가 애매모호했기에 말투를 바꿨다.

"저… 경찰서로 가는 게 아닙니까?"

경찰서가 아닌 다른 곳으로 가고 있다는 걸 알았는지 조심스럽게 물어왔다.

"이번 사건은 특별수사본부 소관이오."

"특본이라면 지청 말입니까?"

"아뇨. 대통령 피살 사건 특별수사본부요."

"헉! 왜 그, 그런 곳에 절 데려가시는지……."

"가서 다시 한 번 말하겠지만 여연호 살인 사건이 대통령 피살 사건과 관련이 있다는 얘기가 있습니다. 그러니 혹시라도 거짓말 할 생각이라면 포기하라고 말하고 싶군요."

운전을 하던 김완주가 백미러로 뭔 거짓말을 그렇게 하느냐는 눈빛을 보냈지만 방찬희는 무시했다.

특별수사본부 소속은 맞지만 함대익이 대통령 피살과 관련되었다는 건 그를 겁주기 위함인 동시에 특수임무과 과장인 진우신을 설득하기 위해서였다.

특별수사본부는 아예 20층 건물을 통째로 사용하고 있었는데, 그중 6층부터 9층까지를 국정원에서 파견 나온 이들이 쓰고 있었다.

"다녀왔습니다."

"결국 잡아왔냐? 네 말대로 그가 이번 사건과 관련이 있기를 바란다."

방찬희를 눈엣가시처럼 생각하는 진우신은 가벼운 협박으로 그를 맞이했다.

그러자 김완주가 귓속말로 속삭였다.

"확실히 대리님은 과장님한테 미움 받고 있어요."

"…너도 마찬가지로 알고 있는데?"

"완전 다르죠. 전 무시를 당하는 거고, 대리님은 미움을 받는 것이니까요."

"내가 보기엔 네가 더 비참해 보이는데?"

"무시가 한결 편하죠."

"그래그래, 나도 무시해 주마."

말로 해선 애초에 이길 수 없는 존재였다.

"난 당신이 살인범이 아니라는 걸 알고 있습니다. 직접 범인으로 생각되는 이와 마주쳤는데, 당신보다는 체형이 훨씬 컸던 것으로 기억하고 있습니다."

취조실에 자리한 방찬희는 부드러운 목소리를 입을 열었다.

"맞습니다. 살해라뇨, 말도 안 됩니다."

"하지만 제가 그렇게 생각하는 게 중요한 것이 아닙니다. 모든 상황 증거가 함대익 씨를 가리키고 있거든요."

"그, 그럴 리가……."

"지금부터 묻는 말에 사실대로 말씀하시지 않으시면 저 역시 도울 수 없습니다. 그러니 부디 잘 생각하고 답해주시기 바랍니다."

"…마, 말씀하십시오. 아는 한 최선을 다해 말씀드리도록 하겠습니다."

"좋습니다. 혹시 돈을 훔치던 그날 한 사내를 보지 못했습니까? 얼룩무늬 비옷에 비니와 마스크를 한 남자 말입니다."

"…봤습니다."

"상세히 말해주시겠습니까?"

"그게 그러니까… 며칠 동안 눈독을 들이고 있던 그 집에 조용히 잠입해 돈을 찾고 있던 중 밖에서 개 짖는 소리가 얼핏 들리더군요. 비가 억수같이 쏟아지고 있었지만 하려던 짓이 짓이다 보니 아무래도 작은 소리에도 민감할 수밖에 없었죠. 그래서 조심스레 2층 창으로 정원을 보니 군용 비옷을 입을 사내가 개의 시체를 옮기는 것이 보이더군요."

이미 심리적으로 모든 것을 포기한 함대익은 그날 있던 일을 상세하게 말하기 시작했다.

결국 비옷을 입은 사내 때문에 나가지 못하던 그는 집주인이 들어오자마자 왜소한 몸을 이용해 돈이 없는 장롱 위쪽의 작은 공간에 몸을 숨겼던 것이다.

"…집주인인 듯한 남자와 한참 얘기를 하던 사내는 총을 쏜 후 사라졌고, 그제야 전 장롱에서 나와 적당히 돈을 챙겨 집을 빠져나왔습니다."

"사내가 무슨 말을 하던가요?"

"집주인이 저지른 일들에 대해 얘기했습니다. 제가 듣기에도 죽어 마땅한 짓들을… 헙! 아, 아닙니다."

"괜찮으니 계속 말하십시오."

"네, 네. 그 사내의 말 중 이상한 게 있었습니다."

"이상한 점이라니요?"

"현재까지의 잘못을 말한 후 미래에 잘못한 일들에 대해서 말했습니다."

"예? 미래에 잘못한 일들을 언급했다고요?"

미래에 벌어질 범죄를 경찰들이 막는다는, 영화처럼 황당하기 그지없는 얘기였다.

"네. 그리고 약간의 말다툼을 한 후 사내가 방아쇠를 당겼습니다."

"다른 얘기는 없었습니까?"

"아! 한 가지 더. 집주인이 자신은 하수인에 불과하다고 살려달라고 했습니다. 그러자 사내가 죽이기 전에 그러더군요."

"뭐라고요?"

"지시를 내린 사람도 죽일 거라고요."

"……!"

여연호에게 지시를 내린 사람이 대통령이었다.

그저 여연호 사건을 해결하기 위해 핑계를 댄 것이 실제가 될 줄은 정말 꿈에도 몰랐다.

방찬희는 다소 놀란 눈으로 김완주를 봤고, 그녀 또한 함대익의 말이 믿기지 않는지 황당하다는 표정을 짓고 있었다.

제3장

잭팟

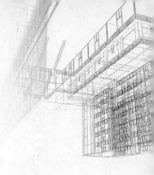

처음이란 말은 묘한 설렘을 갖게 하는 힘을 가지고 있었다.

첫 사랑, 첫 키스, 첫 직장, 첫 아이······.

그리고 첫 해외여행.

앞에 예로 든 단어와 마지막에 언급한 단어가 어울리지 않을 수도 있겠지만 나에겐 꽤나 특별했다. 얼마나 오랫동안 살았는지 모르지만 그동안 한 번도 해외엔 나가본 적이 없지 않은가.

염을 하늘로 보낼 때 볼 수 있던 구름도, 망망대해도 비행기 안에서 보니 또 새로웠다.

"헐~ 아직도 구름 구경 하십니까? 해외여행 처음 간다고 너무 티내는 것 아닙니까?"

스튜어디스에게 전화번호를 따오겠다며 갔던 석두가 성공했는지 거만한 말투와 함께 자리에 앉았다.

"스튜어디스 취향이 참 독특한가 보다. 너한테 전화번호를 다 주고 말이야."

"취향이 독특하긴 하더라고요. 글쎄, 형님 팬이래요."

"……"

"그래서 아까 그 여성분은 형님을 소개시켜 주고 전 다른 스튜어디스를 소개 받기로 했죠. 흐흐흐!"

"…요즘 날 너무 팔고 다닌다고 생각하지 않냐?"

최정연에게 내가 집에 들어왔는지 안 왔는지에 대한 정보를 넘긴 것도 석두였다.

일부 선배들의 매니저도 끼지 못한 해외 촬영 팀에 석두가 끼게 된 것은 아마 그에 대한 포상이라는 게 내 짐작이다.

"형님, 메뚜기도 한철이라고 했습니다. 지금 아니면 언제 놀겠습니까? 인기가 떨어지면 처다볼 여자도 없고, 인기가 높아지면 제대로 놀 수도 없습니다."

"그런 놈이 쪼르르 달려가서 이르냐?"

"에이~ 이르긴 누가 일렀다고. 그저 묻기에 사실대로 얘기해 준 것밖에… 구, 구름이나 구경하십시오. 전 화장실에 좀……."

뚫린 입이라고 마구 쏟아내던 석두는 내 눈이 날카로워지자 꽁지가 빠져라 도망갔다.

"저거, 갈수록 뺀질거리네. 쯧!"

좋은 기분을 유지하기 위해 애써 화를 가라앉혔다.

다시 창으로 바깥 경치를 구경하고 있는데, 이번엔 신유리가 다가와 옆자리에 앉았다.

"불렀다면서?"

"…석훈이가 그래?"

"아냐?"

"맞아. 내가 할 말이 있어서 불렀어. 그러니까 그게……."

난 석두를 속으로 욕하면서 재빨리 얘깃거리를 찾으려 노력했고, 가장 먼저 떠오른 것을 말했다.

"너, 혹시 소속사 계약 얼마나 남았어?"

"그건 왜?"

"혹시 끝나가면 우리 회사에 들어오라고."

"참 뜬금없는 얘기네."

"하하, 좀 그렇지? 내가 얼핏 듣기론 네가 소속사 없이 움직인다는 얘기가 있어서 한 말이야. 우리 회사가 작긴 하지만 너랑 꽤 맞을 것 같기도 하고."

"후후! 날 좋게 평가해 줘서 고마워. 한데 내가 있는 곳도 곧 소속사 체제를 갖출 모양이더라고. 고맙지만 사양할게."

"그래? 안타깝네. 혹시 언제든 마음 바뀌면 말해. 기꺼이 환영할 테니까."

"오~ 연예기획사 사장이 친구니 이런 점이 좋구나. 그럼 나중에라도 부탁 좀 해야겠네. 호호호!"

"그래."

급하게 생각해 낸 변명거리치곤 잘 마무리됐다. 그리고 때마침 스튜어디스가 음료수를 가지고 왔다.

"무얼 드시겠습니까?"

"전 오렌지주스로 주시고, 유리는 사이다로 주세요. 신 걸 싫어하거든요."

스튜어디스가 음료를 주고 가자 신유리는 자신의 앞에 놓인 사이다를 물끄러미 보더니 물었다.

"내가 신 걸 싫어하는 걸 어떻게 알았어?"

"…친구 사이에 당연히 알지. 네가 회를 못 먹는 것도 아는데, 뭘."

"그런가? 난 너에 대해 잘 모르는데?"

"처음부터 잘 아는 사람이 어디 있어? 천천히 알아가는 거지."

"알았어. 그럴게. 그런 의미에서 도착할 때까지 서로에 대해 알아볼까?"

신유리와 친해지는 건 민종수의 부의 원천을 끊고 난 다음에 할 생각이었는데, 생각지도 않게 기회가 생겨 버렸다.

'크게 바뀐 건 없겠지만 바뀐 인생에는 어떻게 살고 있는지 정돈 알아둬도 상관없겠지.'

난 창밖의 풍경 대신 신유리와 얘기를 나누며 마카오로 향했다.

*   *   *

사람 사는 곳이라면 거기서 거기라고, 마냥 신기할 것 같던 이국적인 풍경과 음식들이 나흘쯤 지나자 금세 감흥이 없어졌다.

물론 나에게만 해당하는 얘기였다. 석두는 하루를 멀다 하고 이국의 말(?)을 탄다고 아예 새로운 방을 잡아놓고 놀고 있는 중이다.

"고생들 하셨습니다. 이곳에서의 촬영은 여기에서 마무리하겠습니다. 지난 이틀 동안 고생하셨으니 오늘 저녁은 푹 쉬시랍니다. 아! 그리고 카지노 촬영이 마지막이라고 노름을 해서는 안 되는 거 아시죠?"

"슬롯머신 몇 번 당기는 것도 안 되냐?"

조감독이 박성명 감독의 말을 전하는데 조덕한이 한마디했다.

"하하하! 하실 분은 1인당 5만 원 정도만 하세요. 우리나라 법이 빡센 거 아시잖아요. 괜히 구설에 올라봐야 좋을 것 없습니다."

"하긴 그 정도면 충분하다. 한 타임 당기고 한잔할 사람들은 한 시간 뒤에 대기실로 썼던 곳에서 봐요."

인사를 끝낸 난 촬영지인 호텔의 내 방으로 올라갔다.

"아우~ 힘들다."

옷을 갈아입지도 않고 바로 침대에 누웠다.

제작비를 아끼기 위해 거의 밤을 새우다시피 촬영을 하다 보니 피곤할 수밖에 없었다. 물론 첫 해외여행이라고 짧은 휴식 시간에 잠도 자지 않고 여기저기 돌아다니는 것도 한몫했다.

난 누워서 호흡법을 했다. 앉아서 해야 하지만 그마저도 귀찮았다.

"좀 낫네."

호흡법을 30분쯤 하고 나자 완전하진 않지만 몇 시간쯤 움직일 힘이 났다. 자리에서 일어나 옷을 벗고 샤워실로 갔다.

샤워를 한 후 편안한 옷차림으로 갈아입고 약속 장소로 내려가자 중국 현지 촬영 코디네이터 회사에서 붙여준 직원을 제외하곤 아무도 없었다.

"제가 처음인가 보군요? 퇴근 시간이 지났을 텐데 번거롭게 해서 미안합니다."

"아닙니다. 제 일인 걸요."

"말투를 보아 중국 분 같진 않은데?"

"하하! 제 처가 중국인이라 중국에 정착하게 되었습니다만 한국인입니다. 기회의 땅에서 돈 벌어서 금의환향하려고 했는데… 쉽지가 않네요."

"그래도 지금 중국이 기회의 땅이기는 하죠. 미래엔 어떻게 될지 모르지만요."

"저도 그렇게 생각하고 정착했는데 워낙 빈손으로 시작하다 보니 이렇게 남의 밑에서 일만 하고 있습니다. 뭐, 그렇다고 이 일이 나쁘다는 것은 아닙니다만."

"나중엔 잘되시겠죠. 참, 인사도 제대로 못 드렸네요. 김철입니다."

"아! 전 주국동입니다.

어쨌든 오늘 신세를 지게 되었는데 데면데면 있을 이유가 없었다.

"어라, 너랑 나 둘뿐인 거냐?"

깔끔한 차림의 조덕한이 방에 들어와 두리번거리며 말했다.

"네, 그런가 봐요."

"많이들 피곤한 모양이네. 어쩔 수 없지. 10분만 더 기다려 보고 우리끼리라도 가자. 이거, 코디 분께 죄송스럽네요."

"별말씀을요. 단출해서 오히려 좋은데요."

10분이 지났지만 더 이상 오지 않았고, 우리 셋은 카지노로 향했다.

"800달러(홍콩 달러)나 바꾸려고? 너 아까 조감독 하는 얘기 못 들었냐? 400달러어치만 해. 얼마 차이 나진 않지만 나중에 감독님 귀에라도 들어가면 별로 안 좋아."

내가 칩을 800달러어치를 교환하려 하자 조덕한이 손가락을 좌우로 흔들며 막았다.

"전 400달러만 할 거예요."

난 그냥 100달러어치를 바꾸며 말했고, 그는 금세 알아듣고 너털웃음을 지었다.

"아! 그럼… 자식, 기본적인 예의는 있어가지고. 허허허! 그래, 사람은 그래야 하는 법이야. 자, 400달러는 내가 주마."

"괜찮습니다."

"내가 안 괜찮아. 혹시나 딴 사람이 술 사는 걸로 하고, 난 슬롯머신 하러 간다. 국동 씨도 편하게 즐기세요."

조덕한은 기어코 400달러를 나에게 건넨 후 슬롯머신이 있는 곳으로 가버렸다.

"철이 씨는 뭐 하실 겁니까?"

"글쎄요, 노름은 해본 적이 없어서……"

기억에 없는 건지, 단 한 번도 노름꾼에게 빙의가 된 적이 없는 건지 노름에 대해선 아는 것이 없었다. 물론 고스톱이나 섯다, 포커의 규칙은 알고 있었지만 그게 다였다.

"그럼 바카라나 슬롯머신을 하는 게 좋을 듯합니다. 규칙이 간단해서 초보자에겐 적격이죠."

"저기 사람이 많이 있는 곳은 뭐 하는 곳입니까?"

"아! 저기가 바카라 하는 곳입니다. 가보시죠. 제가 간단히 설명해 드릴게요."

"괜찮습니다. 보면 알겠죠."

"허허, 같이 가요. 저도 어차피 바카라 하려고 했거든요."

사람들이 적은 곳—그래도 앉을 자리는 없었지만—으로 안내한 주국동이 판을 가리키며 설명했다.

"두 장, 혹은 세 장의 카드로 숫자 9를 만드는 게임으로, 돈은 딜러든 플레이어든 어느 쪽이든 걸 수 있습니다. 다만 8, 9 이하의 숫자에서 카드를 받느냐 안 받느냐가 조금 헷갈리는데, 지금 돈으로는 다른 사람들에게 따라가야 하니 최소 배팅 금액인 칩 5개씩을 원하는 사람이나 딜러의 카드 중 하나에 걸면 됩니다."

"대충 이해했습니다. 쉽게 말해 잘할 것 같은 사람한테 걸라는 얘기군요?"

"처음 할 땐 좋은 방법이죠."

"음……."

나처럼 따라가려는 사람이 많았는데, 그들이 돈을 거는 것만 봐도 누가 잘하는지는 금세 알 수 있었다. 하지만 난 내 감을 믿기로 했다.

'소신대로 해야 후회가 없는 법!'

난 내가 보기에 이길 것 같은 사람에게 돈을 걸었다.

"이 사람이 잘하네요. 이 사람을 따라가세요."

세 판을 연속으로 잃자 주국동이 속삭였다. 그는 한 판 잃고 두 판을 땄기 때문이다.

'어차피 확률은 50 대 50이야.'

정확한 확률은 모르겠지만 내가 보기엔 절반 정도는 되어 보였다.

난 계속 소신대로 걸었고, 주국동은 어쩔 수 없다는 듯 어깨를 으쓱이며 더 이상 권하지 않았다.

바카라는 2분 내외에 한 게임이 끝날 정도로 빠른 게임이었다. 연속으로 잃게 된다면 열 판이면 끝이 나겠지만, 나는 따고 잃고를 반복하며 서른 판이 넘도록 게임을 계속하고 있었다.

"어? 아직도 하고 계시네요?"

잘 따다가 무리하게 칩을 걸면서 돈을 다 잃은 주국동은 씁쓸하게 자리에서 일어나다가 여전히 돈을 걸고 있는 날 보며 의외라는 듯 물었다.

"운이 좋았습니다."

내가 대한민국을 바꾸기 위해 노력한 것에 대한 자그마한 보상인지, 과거의 내가 가지고 있던 능력 중 하나인지 모르겠지만 내가 생각하기에도 기가 막히게 찍고 있었다.

"얼마나 남으셨어요?"

난 들고 있던 칩을 보여줬다.

"오! 많이 따셨네요?"

"많긴요."

말을 하면서도 난 연신 판에 돈을 걸었다.

처음엔 오천 원씩 걸던 것이 이제 이만 원이 되었고, 거는 카드도 한 곳이 아니라 두 곳, 많게는 세 곳까지 걸었다.

"…한꺼번에 세 군데나 이기다니 대, 대단하시네요."

"재수가 좋은 거죠. 하하!"

지금까지 앉아 있는 사람들에 비해 적은 판돈을 걸고 있어서 딱히 주목 받지는 않았는데, 주국동이 계속해서 놀랍다는 소리를 해서인지, 호주머니로 계속 들어가는 칩을 사람들이 본 것인지는 몰라도 이젠 내가 걸 때까지 기다리는 사람들이 많아졌다.

"오우!"

여지민에겐 중국어가 필수라고 말해놓고 정작 난 간단한 인사를 제외하곤 전혀 몰랐다. 그러나 이길 때마다 내뱉는 감탄사는 만국공통이었다.

게다가 조용해서 몰랐는데 한국 사람들도 있었다.

"저 사람, TV에서 봤는데 이름이 뭐였더라?"

"나도 봤어. 출동 드림단에서 한동안 매번 1등 하던 사람이잖아."

더 했다간 내일 아침에 신문에 나올 것 같았다.

"술값은 될 것 같으니 이만하고 가죠."

난 딜러에게 100달러짜리 칩 3개를 건넨 후 주국동과 함께 바카라 테이블에서 벗어나 칩을 돈으로 바꿨다.

그러고는 조덕한이 있는 슬롯머신 쪽으로 갔다.

"저기 계시네요."

조덕한은 입엔 담배를 물고 한 손엔 술잔을 든 채 여유롭게 슬롯머신의 버튼을 누르고 있었는데, 게임을 즐긴다는 것이 무엇인지 보여주는 듯 잃었는지 땄는지 표정만으론 알 수가 없었다.

"다 잃었냐?"

"아뇨. 오늘 저녁 술값은 번 것 같습니다."

난 두툼한 지폐를 보여줬다.

"참 세상 불공평해. 잘생긴 놈이 운도 좋아."

"하하! 형님은요?"

"나? 못생긴 놈이지만 운은 나쁘지 않다. 아직까지 본전이다."

"얼마나 더 하실 겁니까?"

"다 잃을 때까지. 한 30분 정도면 다 잃지 않겠냐? 기다리기 지루하면 너도 술 마시면서 슬롯머신이나 당겨봐."

"어떻게 하는지 모르겠는데요?"

"원래 잃으면서 배우는 거야. 100달러만 넣고 대충 돌려봐."

슬롯머신은 현금으로도 게임이 가능했다.

난 조덕한의 담배 냄새를 피해 적당한 곳에 자리를 잡고 400달러만 해보자는 심정으로 돈을 넣고 눈치껏 버튼을 눌렀다.

한 번 돌리는 데 50달러.

우측 하단의 1달러 표시와 화면의 중앙 그림 주변으로 1부터 50까지 적혀 있는 것이 이제야 이해가 갔다.

'쩝, 한 번 돌릴 때마다 밥값이군.'

남은 일곱 번 동안 뭔가 걸릴 거라고는 생각하지 않았다.

400달러는 포기한 채 그저 기계적으로 버튼을 누르며 조금 떨어진 곳에서 슬롯머신을 하는 매력적인 여성을 바라보았다.

띠리리리~ 링! 띠리링~ 띠리리링~

시선이 가슴을 지나 아슬아슬한 허벅지로 내려가는데, 갑자기 기계가 울었다. 덕분에 여자가 내 쪽을 봐서 재빨리 화면으로 고개를 돌려야 했다.

'에휴~ 쪽팔려.'

난 부끄러움에 머리를 긁적이곤 기계가 왜 소음을 일으켰는지 확인했다.

화면에는 사자들로 가득했고, 그 위로 폭죽이 터지고 있었다. 그리고 사람들이 점점 내 주위로 몰려들었는데, 그중엔 내가 바라보던 이국 미녀도 있었다.

＊　　　＊　　　＊

대도의 김철, 마카오 슬롯머신을 털다!

마카오에 촬영 차 출국한 배우 김철은 촬영이 끝나고 배우 C 씨와 함께 카지노를 찾았다.

…중략……

가볍게 즐기다가 400만 홍콩 달러(한화로 약 4억)의 잭팟을 터뜨린 그를 노름을 했다고 할 수는 없을 것이다. 하지만 나라 안팎으로 시끄러운 이때, 공인으로서 좀 더 자숙하는 자세를 보였으면 어땠을지 본 기자는 생각해 본다.

인터넷 기사엔 온통 내 얘기뿐이었고, 댓글은 가관도 아니었다.

조금만 지나면 대통령이 나 때문에 죽었다는―사실이지만―기사까지 나올 정도였다.

"햐아~ 이 기레기 새끼, 밥 얻어먹을 땐 축하한다고 지랄을 하더니 기사를 이딴 식으로 써놨네. 형님, 너무 걱정 마십시오."

"응, 걱정 안 해."

"곧 다른 사건이 일어나서 잊힐 겁니다."

"그렇겠지."

난 석두의 말에 건성건성 대답했다.

"…에이, 뭐야! 전혀 신경도 안 쓰고 있잖아요!"

"니가 신경 쓰지 말라며?"

석두는 걱정한 자신이 어리석었다는 듯 투덜댔지만 난 애초에 기사나 댓글 따위에 신경 쓰지 않았다.

이미 찍어둔 분량이 있기 때문에 영화나 드라마에서 하차할 일도 없거니와 석두의 말처럼 금방 잊힐 얘기였다.

내가 자신하는 이유는 한국을 떠나기 전 각 신문사와 방송국으로 우편을 보냈는데, 그것이 곧 도착할 때가 됐기 때문이다.

나라에 해가 되는 인간을 죽인다고 해도 그 자리를 대신하는 사람이 똑같다면 운명이 바뀌지 않는다는 걸 알게 된 이상 마냥 두고만 보고 있을 순 없었다.

그래서 내가 그들을 왜 죽였는지, 그들이 죽어야 한 이유가 뭔지에 대해 알리기로 마음먹었다.

목표는 단순했다.

나쁜 짓을 하면 벌을 받아야 한다는 간단한 이치를 알려주는 것이었다.

각설하고, 내가 바라는 대로 되지 않아 잭팟을 터뜨린 일이 천천히 가라앉아도 상관없었다.

운이 좋아 그리된 걸 나더러 어쩌란 말인가. 고작 그것 때문에 염의 에너지를 사용해 과거를 바꾸는 것도 우습지 않은가.

"그래서 한국엔 들어가실 겁니까?"

"아니, PD님이 촬영장 시끄러워진다고 그냥 들어오지 말래."

"그럼 할 일이 없으시겠네요?"

"응, 홍콩으로 나가서 관광이나 하려고. 너도 갈래?"

"아뇨, 절 기다리는 연인이 있어서… 헤헤헤!"

"어떤 여자기에 그렇게 죽고 못 사냐? 혹시 꽃뱀한테 걸린 거 아냐?"

"꽃뱀이라뇨! 그런 여자 아닙니다. 형님에게 정연 누님이 있다면 저에겐 엔젤리카가 있답니다."

엔젤리카라니…….

이름부터가 수상쩍었지만 꽃뱀한테 빠질 만큼 석두가 멍청하다고 생각하지는 않았다.

"조만간 보여드리겠습니다. 그럼 전 데이트하러."

"조심……."

말을 끝내기도 전에 석두는 사라져 버렸다.

"쩝, 매니저인지 상전인지 모르겠군. 어쨌든 조심해서 다녀와라."

석두가 사라진 문을 향해 못한 말을 뱉고는 나갈 준비를 했다.

마카오는 도박에 최적화된 도시였고, 볼 만큼 봤기에 홍콩으로 갈 생각이다.

페리를 타고 홍콩을 향해 30분쯤 가고 있을 때 최정연에게서 전화가 왔다.

─어디?

어젯밤에 한국에 못 들어간다고 연락했더니 많이 아쉬워하던 그녀이다.

"홍콩 구경 가고 있어."

─내가 생각하는 홍콩은 아니겠지?

"네가 무슨 생각을 하는지 모르지만 맞을걸? 큭큭! 농담이야. 일확천금이 하늘에서 떨어져서 네 선물이나 살까 하고 가는 중이야."

—정말? 말만 들어도 기분 좋다. 한데 어쩌지? 난 선물 보는 눈이 까다로운데?

"사진으로 찍어서 보내줄게. 거기서 골라."

—싫어. 직접 볼 거야.

떼를 쓰는 스타일이 아닌데 떼를 쓰다니 느낌이 왔다. 아마 지금 홍콩이거나 오고 있는 중일 것이다.

"그래, 한데 조심해야 할 거야. 지금 기자들이 날 뒤쫓고 있을 가능성이 높거든."

—뭐야, 눈치챈 거야?

"힌트를 너무 줬잖아."

—그런가? 어쨌든 기자는 상관없어. 만반의 준비를 했으니까.

똑똑한 여자이니 알아서 잘할 것이다.

홍콩 유명 백화점에서 만나기로 한 난 페리에서 내리자마자 택시를 타고 약속 장소로 향했다.

어느 정도 기다릴 것이라 생각했는데, 최정연은 이미 카페에 앉아 기다리고 있었다.

그것도 낯익은 두 사람과 함께.

"어서 와!"

"안녕, 정연아, 성은아. 한데 이분은 누구?"

"…우리 회사 고문변호사. 한데 어째 이 언니를 아는 것 같은데?"

난 류성은이 사람의 생각을 읽는 탁월한 재능이 있음을 인정해야 했다.

'류성은 바보! 멍청이!'

난 대답 대신 류성은을 속으로 흉봤다. 만약 정말 사람의 생각을 읽는다면 발끈할 것이 분명했다.

한데 아무리 쳐다봐도 아무런 표정 변화가 없었다.

'자세히는 모르는 건가? 어쨌든 애 앞에선 조심하는 게 좋겠어.'

마음에 빗장이라도 있다면 닫고 채우겠지만, 그렇게 못하니 주의를 기울일 필요가 있었다.

"넌 웬 심통이니? 안녕하세요. 하지영이에요. 창천화학의 일을 주로 하고 있지만 개인적인 일도 하니 변호사가 필요하면 연락 주세요."

"알겠습니다, 선배님."

"선배님?"

아차! 류성은에게 정신을 집중하다 보니 정작 엉뚱한 곳에서 생각이 머리를 거치지 않고 입으로 나왔다.

"…하하! 지방대긴 하지만 법대생이라 선배님이라 불렀습니다. 한때 제 꿈이 판검사였거든요. 듣기 불편하다면 다른 명칭으로 바꾸겠습니다."

"어머! 그래요? 선배님이라는 소리 듣기 좋은데요. 저도 그럼 후배님이라 부르면 되겠네요?"

"물론입니다, 선배님."

신은 나에게 주의력을 주진 않았지만 임기응변을 주셨나 보다.

한데 임기응변은 좋았으나 대화의 중심을 나로 만들기에 충분한 소재였다.

"오~ 네가 판검사가 꿈이었다니 놀라운데?"

최정연이 다시 봤다는 듯 말했다.

"그냥 법학과를 나온 거겠지. 공부와는 담 쌓은 사람처럼 생긴 애가 무슨……."

류성은은 욕인 듯 욕 같지 않은 말로 내 속을 긁었다.

"그렇게 따진다면 여기서 공부 잘할 사람 아무도 없겠다? 아니, 넌 조금 했을라나?"

"이게……!"

"진짜 열심히 했어. 우연찮게 배우가 되지 않았다면 아마 올해 시험을 접수했을 거야."

난 비아냥거림을 듣지 않기 위해 하반신 불구이던 과거를 생각하며 진중하게 말했다.

"…누, 누가 뭐래?"

다행히 통했나 보다. 하지만…….

"그렇게 열심히 했으면 올해 시험을 봐봐. 아직 접수 중이 니까."

"그건……."

"꿈이었다며? 올해 시험을 볼 생각이었다며? 배우라고 사법시험 못 보라는 법 없잖아. 설마 핑계를 찾는 건 아니겠지?"

'망할! 꼬맹이 땐 그나마 귀여운 구석이라도 있더니 지금은 전혀 귀엽지가 않아!'

"혹시나 1차 시험에 합격이라도 해봐. 아마 노름꾼에 한량 같은 네 이미지가 180도 바뀔걸."

"쳇! 잭팟 터뜨렸다고 노름꾼이라니? 그리고 난 지금 이미지도 나쁘지 않다고 생각해."

"그건 네 생각이고. 니가 만약에, 정말 불가능한 일이겠지만 1차를 합격한다면 광고 최소한 다섯 개까지는 보장한다."

"싸구려 광고는 필요 없어."

"최소 2억. 만일 네가 2억의 모델료를 받는다면 4억 광고를 찍게 해줄게."

"…10억을 받는다면?"

"행여나 그렇다면 15억. 왜, 이젠 생각이 바뀌었냐?"

"응, 바뀌었어."

사법시험에 대한 기억은 가지고 있지만 실제로 합격할지 못할지는 미지수였다. 아니, 분명히 떨어질 가능성이 훨씬 높았다.

그래도 해볼 만한 게임이었다.

"로또를 사는 심정으로 시험을 봐야겠군."

"뭐야! 그런 의도였어?"

내가 얼렁뚱땅 자신의 제안을 받아들였다고 생각하는지 류성은은 기가 막힌다는 표정을 지었다.

"그럼! 손을 놓지 않았다고 해도 붙을 확률이 거의 없는데 당연하지. 그래도 한번 도전해 볼 만하잖아. 운이 좋다면 돈 좀 만질 테고 말이지."

그냥 한번 보겠다고 말했지만 합격을 하기 위해 노력은 할 것이다.

미래에 내가 계속 배우 생활을 한다면 머리가 좋다는 것은 굉장한 장점이 될 것이 분명했고, 무엇보다도 합격한다면 류성은의 코를 납작하게 만들 수 있기 때문이다.

"자, 재미난 유흥거리의 결과가 나오려면 아직 멀었으니까 그건 나중에 생각하기로 하고, 일단 정연이 선물부터 고르러 가죠. 성은이와 선배님께도 제가 한턱 쏘겠습니다. 단, 너무 비싼 건 안 됩니다."

'짠돌이'라는 중얼거림이 들렸지만 무시하고 난 세 명의 여자와 백화점의 가방 코너로 올라갔다.

제4장

풀리는 실타래

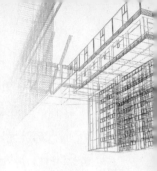

　세 여자는 마치 이곳에 사는 사람들처럼 홍콩에 대해 잘 알고 있었다.

　괜스레 선물을 사준다고 했다가 홍콩 내 쇼핑몰—크기는 또 왜 그리 큰지—을 몇 군데나 돌아다녀야 했고, 그것으로도 모자라 반강제적으로 얻게 된 삼 일의 휴일을 고스란히 세 여자를 위해 써야 했다.

　"하아아함~ 어떻게 일하는 것보다 더 피곤하냐……."

　휴일이 더 피곤하다는 조덕한의 말이 이해가 되는 순간이다.

　난 졸린 눈을 비비고는 공책에 기억 속에 있는 사법시험에 대한 것을 적어 나갔다. 그렇게 한참 적고 있는데, 누군가가 다가와 말을 걸었다.

"뭔 대본 공부를 그렇게 해?"

"아! 수현이 누나, 이쪽으로 앉으세요."

우리나라 넘버원의 여배우였던—결혼을 한 후 몇 년간 공식 석상에 얼굴을 비치지 않고 있어 과거형을 사용했다—전수현은 낯을 가린다는 점을 제외하곤 성격 좋은 옆집 누나 같은 이였다.

"아침에 제대로 고맙다는 인사도 못했네. 고마워."

한국에서는 TV에 나오지 않아 전수현의 인기가 예전만 못하지만 중국에서의 그녀의 인기는 매일같이 어마어마한 팬들이 촬영장을 찾을 만큼 많았다.

그러다 보니 자연 팬 중에 광팬도 있게 마련이고, 그중 세 명이 스태프가 바쁜 틈을 타 그녀 향해 달려드는 사건이 발생했었다. 때마침 나와 연기를 하고 있던 차라 달려드는 광팬 세 명을 별문제 없이 제압할 수 있었다.

"당연한 일인데요."

"그래도 네가 위험할 수도 있는 일인데……."

"아마 누구라도 그랬을 거예요."

"어쨌든 고마워. 내가 밥 한번 살게."

"네, 누나."

"어? 근데 그거 대본 아니지 않아?"

"아, 이거요? 어떤 여자랑 내기를 하는 바람에 사법시험을 봐야 해서요."

"에~ 에?"

"일단은 법대생이라. 하하!"

"재주가 많아도 너무 많네. 대체 못하는 게 뭐니?"

"재주 많은 사람이 굶는다잖아요. 누나가 밥 많이 사주세요."

"호호호! 꼭 그런 것 같지는 않은데? 밥이라면 언제든지 사줄게. 말만 해. 참, 요즘 석훈이가 안 보인다?"

"엔젤리카라는 여성과 열애 중인가 봐요."

"어머! 축하할 일이네."

"글쎄요, 한번 빠지면 거침없이 빠지는 녀석이라 조금 걱정스럽네요."

"사랑이 언제 찾아올지는 아무도 모르는 일이야. 석훈이 정도면 꽤 멋지잖아."

전수현의 말처럼 석두도 누군가가 한눈에 반할 정도로 괜찮은 남자였다.

하지만 왠지 느낌이 좋지 않았다. 그리고 그 나쁜 예감은 촬영이 끝나고 술을 마시러 가려 할 때 현실이 되어 나타났다.

"김철 씨?"

어눌한 중국어 말투의 사내가 다가와 말을 걸었다.

"그렇습니다만 무슨 일이시죠?"

"동생 분이 김철 씨를 찾고 있습니다. 이걸 보여주면 될 거라고 하더군요."

석두가 항상 차고 다니던 목걸이다.

"목은 붙어 있는 겁니까?"

"아직까지는 그렇죠. 켁켁켁! 농담입니다. 저희는 비즈니스를 하는 사람들이지 흑사회가 아닙니다."

"그렇습니까? 그럼 잠시만 옷 좀 갈아입고 나오겠습니다. 촬영 소품이라……."

"허튼짓을 하면 농담이 진담이 되는 경우가 생기니 잘 생각해서 행동하시기 바랍니다. 켁켁켁!"

짜증나는 웃음이다.

"같이 들어와서 허튼짓 하나 안 하나 보세요."

난 사내와 함께 숙소로 가서 어두운 계열의 옷으로 갈아입었다. 그리고 차를 타고 어디론가 한참을 달린 후에야 목적지에 도착할 수 있었다.

도착한 곳은 증축에 증축을 거듭했는지 누더기처럼 생긴 건물이었다.

"안 무너지는 게 신기하군."

"안에 들어가면 더 신기할 겁니다."

웃음이 이상한 사내의 말처럼 안은 더 신기했다. 미로라고 할 만큼 복잡했고, 두 명만 막아서면 옴짝달싹도 못할 정도로 좁았다.

"여기요."

막다른 복도에 위치한 철문의 일부가 열렸고, 누군지 확인한 후에야 안으로 들어갈 수 있었다.

"혀, 형님……."

잔뜩 얻어터진 석두가 날 보곤 미안하다는 표정으로 말하며 고개를 숙였다.

"무슨 일인지 모르지만 고개 들어."

"함정에 당한 겁니다! 엔젤리카가… 저자의 연인이라며… 저 혼자 처리하려고 했는데 형님께 연락을 해야 한다고 해서… 죄송합니다."

석두의 말에 상황이 대충 짐작이 됐다.

"알았다. 함정이든 어쨌든 이곳을 나가는 게 중요하니 일단 조용히 하고 있어라."

"…네."

"이거 상황 판단 능력이 빠른 친구군. 얘기가 통하겠어. 이리로 앉지."

들어올 때부터 이십 대 후반에서 삼십 대 초반 정도 되어 보이는 사내가 의자에 앉아 있었기에 두목임을 알고 있었다.

두목이 중국말로 말하자 아까 날 이곳까지 안내한 사내가 통역을 해 말했다.

난 그가 권하는 의자에 앉으며 말했다.

"서로 인사를 할 만한 상황은 아닌 것 같으니 본론으로 들어갑시다."

"나도 급한 사람이니 단도직입적으로 말하지. 자네 동생이 내 여자를 건드렸어. 원래대로라면 저놈의 목으로 대가를 받아야겠지만 외국인이라는 점 때문에 특별히 용서하기로 했어."

"다행이군요."

"한데 모욕을 당했는데 그냥 보내주면 다른 사람들이 날 우습게 볼 게 빤하거든."

"그럴 리가 있겠습니까? 오히려 넓은 아량에 사람들이 우러러볼 겁니다."

예상치 못한 말이었을까, 통역을 들은 두목이 묘한 표정을 지으며 횡설수설하는 것 같다.

통역은 짧게 바뀌어 있었다.

"한국은 그런지 몰라도 우린 여자 하나 간수 못했다고 우습게 본다."

"그렇습니까? 좋습니다. 그럼 어떻게 해야 그쪽 기분이 풀리겠습니까?"

"3억이면 눈감아주지. 당신이 잭팟을 터뜨렸다는 사실을 알고 있으니 행여나 없다는 소리는 하지 마."

"제 동생의 목숨값에 3억이면 적당하군요."

여긴 외국이니 돈으로 해결할 수 있으면 하는 게 좋았고, 지불할 용의도 있었다.

"하지만 한 가지, 돈을 지불하려면 한국에 가서나 가능합니다."

"혹시나 허튼 생각일랑……."

"허튼 생각이 아니라 당첨금은 이미 나라에서 알고 있는 상태입니다. 당장 3억을 빼오려면 외화 밀반출로 나라에서 조사를 받게 되겠죠. 그럼 제가 위험해집니다. 4억을 드릴 테니 한국에서 받는 걸로 하죠."

"음, 일을 복잡하게 만드는군. 그럼 그동안 동생을 계속 데리고 있어라?"

"오늘 데리고 갔으면 좋겠지만 불가능할 테니 한국에서 돈을 줄 때 교환하는 걸로 하죠."

"불가! 공항에서 소리라도 쳐봐. 너무 위험해. 우리가 굳이 위험을 감수할 이유가 없지."

"그런 일은 없을 겁니다. 그렇지, 석두야?"

"…네, 형님."

"훗훗! 우릴 너무 우습게 보는군. 아무튼 동생을 데리고 가고 싶으면 현금을 가지고 와."

하긴 나라고 해도 그런 위험을 감수하려 하진 않을 것이다.

"알겠습니다. 그럼 연락을 해서 구해보죠. 석두야, 조금만 기다려라. 금방 다시 오마."

더 얘기해 봐야 소용이 없을 것 같았다. 차라리 돈을 최대한 빨리 구하는 것이 나았다.

한데 뜻밖의 말이 들려왔다.

"돈은 여기서 구하도록 해. 이왕이면 네 몸값도 구하는 게 좋겠지. 켁켁켁!"

"…무슨 말이죠?"

"순순히 이곳까지 따라와 준 것이 고마우니 5억만 받도록 하지."

'이런 상도덕도 없는 새끼들!'

돈을 줄 사람을 잡아둘 거라고는 정말 생각하지도 못했다. 물론 심각하게 생각하지 않고 따라온 내 잘못이긴 하지만.

"내가 내일 촬영장에 나타나지 않으면 경찰에서 연락을 할 겁니다. 아까 당신을 따라오는 걸 본 사람들이 있으니까요."

"켁켁켁! 순진한 놈일세. 여기가 어딘지 알아? 총소리가 나도, 누가 죽어 나가도 공안이 신경도 쓰지 않는 곳이야. 아마 하루만 지나면 시체도 찾을 수 없을걸. 그리고 네가 여기 온 줄 아는 사람은 아무도 없어."

"……."

"저기 내 동생도 마찬가지야. 최악의 경우 우린 너흴 죽이고 이곳을 뜨면 돼. 우리가 이런 곳을 운영하고 있다는 것도 아무도 모르거든. 사실 알려져도 상관없어. 너희 외교부에서 신경을 쓰지 않기 때문에 잠깐만 피해 있으면 되거든. 하여간 너희 한국인을 납치하면 뒤탈이 없어서 좋아. 켁켁켁!"

좋은 정보였다.

두목, 통역하는 재수 없는 놈, 문 옆에 두 명, 앞에 세 명, 석두 옆에 두 명, 총 아홉.

무기가 없다면 충분히 해볼 만한 숫자였다. 문제는 들어올 때 위협하듯이 보여준 총이었다.

능력을 최대한 발휘하고 운이 좋다면 난 죽지 않을 가능성이 높았다. 하지만 석두의 안전은 보장할 수가 없었다.

'아직까지 불완전하지만 어쩔 수 없지.'

이자들에게 돈을 준다고 해도 무사히 풀려 나갈 가능성은 희박했다. 돈을 완전히 빨린 후 쥐도 새도 모르게 죽을 게 빤했다.

난 어느 때보다 집중을 했고, 보름치의 에너지를 지닌 야구공만 한 염 여덟 개가 떠올랐다.

'범죄자들을 죽여서 모은 염을 여기서 다 쓰게 됐군. 뭐, 살아 있으면 언제든 모을 수 있는 것이니까.'

여덟 개의 염의 방향을 정해놓고 통역을 해주던, 웃음이 재수 없는 인간에게 말했다.

"너희가 죽어도 마찬가지 아냐?"

"뭐?"

놀라는 표정을 짓는 순간 염의 구슬들이 일제히 여덟 명에게 날아갔다.

"그딴 식으로 웃지 마. 재수 없어!"

빠각! 뿌득!

주먹이 아닌 팔꿈치로 그대로 턱 부근을 후려갈겼고, 뼈 부러지는 소리와 함께 놈은 두 번 다시 그딴 식으로 웃을 수 없게 되어버렸다.

난 두목을 제외하고 넋이 빠져 있는 놈들을 차례차례 쓰러뜨렸다.

"이거, 너무 싱겁군."

난 석두를 풀어주며 중얼거렸다.

"어, 어떻게 하신 겁니까, 형님?"

"들어올 때 수작을 좀 부려뒀지."

"헐~ 무협지에 나오는 무형지독이라도 뿌려뒀습니까? 다들 허수아비처럼 움직이질 못하니……."

"…비슷해."

알아서 핑계를 만들어주니 고마울 따름이다.

"근데 형님, 저놈은 왜 그냥 놔둔 겁니까?"

풀려난 석두가 다리가 저린지 코에 침을 묻히며 물었다.

"저놈 몸값은 얼마나 되는지 보려고."

"아! 무슨 말인지 알겠습니다. 한데 저놈, 중국어밖에 모르던데, 형님, 중국어 하십니까?"

그러고 보니 그 생각을 못했다.

"하긴 언제 말이 통해야 가능했나요? 제가 당한 만큼 갚아주면 알아서 줄 겁니다. 으득!"

석두는 이를 아득바득 갈면서 두목에게 다가갔다.

한때 고의 부도를 내고 호의호식하는 이들에게 돈을 받으러 다니던 석두에게 언어의 장벽은 아무런 문제가 되지 않았다.

또한 남을 괴롭힐 때 강한 척하던 놈들은 대부분 자신의
고통엔 한없이 약했다.

*   *   *

석두를 구한 뒤 그를 당장 한국으로 보내 자숙의 시간을
갖도록 했다.

그의 잘못이 아니었다고는 해도 날 곤란하게 만든 것에 대
한 가벼운 질책이었고, 석두는 순순히 내 말에 따랐다.

난 남은 해외 일정을 소화하며 혹시나 내가 저지른 일에 대
해 문제가 발생하지 않을까 조심스럽게 뉴스를 살펴볼 수밖
에 없었다.

다행히 놈들의 말처럼 경찰이 신경 쓰지 않는 곳이었는지
아무런 언급도 없었고, 마침내 탈 많던 내 첫 번째 해외여행
겸 촬영을 끝내고 한국으로 돌아올 수 있었다.

계속된 밤샘 촬영에 몸과 마음이 지쳐 있었지만 돌아오는
날부터 드라마 촬영에 들어간 것은 물론이고, 회사 일에, 염의
에너지를 채우는 일까지 잠시의 쉴 틈도 없이 움직여야 했다.

"사장님의 예상대로 지민이가 터졌습니다! 3사 음악 방송은
물론이고 케이블 TV 음악 방송 등 오라는 곳이 너무 많아 곤
란할 지경입니다!"

드라마 호수의 비친 달은 아역들의 열연에 시작부터 꽤 좋

은 반응을 불러일으켰는데, 특히 OST로 사용된 여지민의 음악이 폭발적인 인기를 끌었다.

모든 음원 사이트에서 1, 2, 3위를 차지했고, 공항에서 오는 길에 몇 번이나 들을 정도였다.

"들뜨는 거야 어쩔 수 없지만 신인임을 잊지 않게 항상 상기시켜 주십시오. 그리고 호수의 비친 달의 연출진과 작가에겐 인사를 하는 것은 물론이거니와 은혜를 입었다 생각하고 나중에라도 갚도록 하고요."

"당연히 그래야죠."

"스타보다 먼저 인간이 되어야 합니다."

"저 역시 그렇게 생각하고 있습니다. 그리고 시간이 된다면 사장님께서 직접 말해주시는 것이 좋을 것 같습니다. 지금 밖에서 기다리고 있습니다."

급했지만 기다린다는데 그냥 갈 수는 없었다. 그리고 이젠 갑과 을의 시계추는 이미 기울기 시작했으니 회사의 경영자로서 미래를 생각하지 않을 수 없었다.

"사장님, 감사합니다!"

연예계 생활을 시작했다고 감사를 표하는 여지민은 얼마 전의 모습과 많이 달라져 있었다.

'괄목상대라더니 이제 연예인 같네.'

그러나 예쁘긴 했지만 나이 같지 않은 성숙한 모습에 개인적으로는 별로였다.

"…뭔가 마음에 안 드세요?"

티를 낸 것 같지 않았는데 여지민은 기가 막히게 내 기분을 알아챈 것 같았다.

"아, 아냐. 화장이 좀 짙어서 내가 생각한 이미지랑은 좀 안 어울리는 것 같아 그런 것뿐이야."

"정말 그뿐이세요?"

"물론이지. 이 문제는 이민기 상무에게 말해둘 테니 네가 신경 쓸 필요는 없다. 그건 그렇고, 드디어 공중파에 출연하는데 기분이 어떠냐?"

"심장이 튀어나올 것 같아요."

"지금처럼 가슴 뛰는 일은 사는 동안에도 그리 많지 않을 거다. 그러니 즐겨. 그 외엔 나 역시 연예계에 대해서는 초보라 잘 모르겠다."

"명심할게요. 근데……."

무슨 말을 하려는지 잠깐 머뭇거리던 여지민이 조심스럽게 말을 이었다.

"제 아버지가… 절 볼까요?"

"왜, 널 보고 찾아올까 두렵니?"

"다시 아무것도 아닌 때로 돌아갈까 봐 조금은 두려워요. 아! 물론 아버지 돈을 갚는 게 두려운 건 결코 아니에요. 다만……."

"네 마음 잘 알고 있으니 말하지 않아도 된다. 아마 못 볼 거야. 설령 본다고 해도 어쩌진 못할 거고. 내가 성년이 될 때까진 걱정하지 않아도 된다."

이제 제법 사람답게 지내고 있다고 들었지만 고작 몇 달로 완전히 변했다고 보기엔 어려웠다.

"넌 다른 것에 신경 쓰지 말고 네 할 일에 집중해라."

그저 어깨를 토닥이며 용기를 주는 것 말고는 여지민이 가진 아버지에 대한 복잡한 마음을 내가 어쩌진 못했다.

"참, 해외에 나간 김에 선물 하나 샀다. 매니저 편으로 주려고 했는데 본 김에 주마."

"아! 가, 감사합니다."

"별거 아니니까 너무 감격은 하지 마라. 그리 좋아하니 내가 오히려 미안하잖아."

"아, 아니에요. 누군가에게 선물을 받는 게 처음이라 너무 기뻐서……."

"조금만 지나 봐라. 팬들이 주는 선물로 우리 회사가 가득 차게 될 테니까."

"그거랑은 다르죠! 헤헤, 어쨌든 너무 감사드려요."

너무 좋아하니 주는 나로서도 기뻤다. 그래서 나도 모르게 머리를 쓰다듬어 주며 말했다.

"녀석 하곤. 종종 사주마. 이만 가봐라. 신인이 늦으면 미움받는다."

"네, 사장님!"

환하게 웃으며 인사하는 것이 TV 출연이 좋긴 좋은 모양이다.

"이제 나도 슬슬 출발해 볼까?"

석두는 아직까지 참회의 시간을 보내고 있기 때문에 혼자 움직여야 했다.

한데 막 나가려는 찰나, 인터폰이 울렸다.

─사장님, 손님이 찾아오셨는데요.

"누굽니까?"

─천안에서 오신 분이라는데…….

"올려 보내세요."

천안에서 왔다면 분명 날 알고 있는 사람일 터.

아니나 다를까, 들어오는 이는 내가 아는 여자였다. 하지만 꽤나 의외의 인물이다.

"미나야!"

"오빠, 오랜만이에요."

술집에서 일하던 미나가 웬일로 청순한 옷차림으로 문 앞에서 손을 흔들고 있었다.

"서울엔 어쩐 일이야?"

커피를 타서 미나에게 건네며 물었다.

"오빠한테 전해줄 말도 있고, 서운한 것도 있고 해서 겸사겸사 왔어. 한데… 내가 여기 찾아와서 곤란한 거 아냐?"

"별소릴 다 한다. 못 올 곳도 아닌데, 뭘. 한데 할 말이라는
게 뭔데?"

"응, 다름이 아니라 요즘 천안에서 오빠에 대해 묻고 다니는
사람들이 있어."

저질러 놓은 일이 워낙 많으니 누가 내 뒷조사를 하는지 알
길이 없었다.

"나에 대해? 누가?"

"상수파와 내가 소문으로 들은 것으로 판단해 보면 한두
곳이 아냐."

"에? 여러 군데에서 날 조사한다고?"

"자세히는 나도 몰라. 다만 한 곳은 두치파라는 곳이고, 나
머지는 서울에 있는 심부름센터에서 보낸 사람들이라 하더
라고."

두치파라면 민종수가 나에 대해 조사한다는 얘기이니 별것
아니었다. 하지만 나머지는 어디란 말인가?

'경찰? 검찰? 아님 대통령 특수수사본부? 아냐, 그런 곳이라
면 굳이 숨기고 나에 대해 조사할 이유가 없지. 그럼 혹시⋯⋯?'

류성은이나 최정연이 나에 대해 조사할 가능성도 있었다.

"그래서, 나에 대해 어디까지 알아낸 것 같아?"

"상수파 사람들만 입 닫으면 어떻게 알아내겠어? 우리가 오
빠에 대해 입을 열 리 없잖아. 안 그래?"

"위험할 땐 말해도 돼. 사실 밝혀진다고 해서 딱히 위험하

거나 한 건 없으니까."

"피~ 그렇게 말하면 더 비밀을 지켜주고 싶어진단 말이야."

설령 내가 깡패였다는 것이 밝혀진다고 해도 연예계 생활을 못한다 뿐이지 달라질 건 없었다. 그래서 누군가가 다치면서까지 비밀을 지켜주는 건 달갑지 않았다.

"다른 애들한테도 말해. 쓸데없는 데 괜히 힘 빼지 말라고."

"이젠 전하고 말고 할 것도 없어. 우리 서울로 올라오기로 했거든."

"힐~ 천안이 텅텅 비겠네. 어쨌든 올라온 거 축하한다. 상수가 자리 마련해 준대?"

상수가 자리만 만들어준다면 삼인방은 서울에서도 제법 잘 나갈 것이다.

"아니, 술집은 때려치우기로 했어."

"그럼 뭐 하려고?"

요즘 유행하는 커피전문점을 한다고 말한다면 뜯어말릴 생각이다.

한데 미나는 아주 심각한 표정으로 조용히 말했다.

"오빠……."

"응?"

"솔직히 말해줘. 내가, 아니, 우리 세 명이 그렇게 볼품이 없어?"

"얘가 오늘따라 왜 이리 비관적이야? 너희 셋이 어디가 어때… 아! 너 설마 상수한테 걸 그룹 관련 얘기 들은 거냐?"

아까 서운하다고 한 것이 걸 그룹이 되기 부적합하다고 판단했던 일 때문인가 보다.

'그 얘긴 상수에게만 한 건데…… 두목씩이나 되는 놈이 입이 그리 가벼워서야. 쯧!'

상수를 탓한다고 해서 앞에 있는 미나의 이글거리는 눈빛이 사라지는 건 아니었다.

"별로 권할 일이 아냐. 연예인이라는 타이틀은 얻겠지만 그에 상응하는 희생이 필요해."

"새로운 인생을 시작하는데 그 정도 희생쯤은 충분히 할 수 있어."

절대 포기할 수 없다는 눈빛이다.

"휴우~ 너희 셋 다 하는 건 불가능해. 이미 네 명을 뽑아뒀거든. 뭐, 그거야 어떻게든 한다 치고, 너희 과거를 아는 사람들이 있는 건 어쩔 셈이야?"

"…오빠도 한번 더러운 인생은 끝까지 더럽게 살아야 한다고 생각하는 거야?"

"자식이 안 보는 사이에 입이 많이 거칠어졌네. 인생이 정해지지 않았다는 것에 전 재산을 걸 수 있는 사람이 나다. 근데 하나 묻자. 인생을 바꾸는데 왜 연예인이 되겠다는 건데?"

"내 꿈이었어."

"…초등학교 가서 물어봐라. 장래 희망이 연예인 아닌 애들이 몇 명이나 되나. 그리고 너, 연예인 되려다가 술집까지 온 거 아니었어?"

"맞아. 그래서 더욱 간절해. 그리고 오빠가 걱정하는 일은 없을 거야. 마담 언니가 오빠 말고 다른 손님은 안 받게 해줬거든. 물론 오빠가 돈을 넉넉하게 준 덕분이지만."

"무슨 얘긴지 잘 들었다. 일단 생각해 보고 연락할게."

서둘러 촬영장에 갈 시간이었기에 여기서 일단락 짓기로 했다.

내가 한 번 내린 결정은 웬만해선 변경하지 않는다는 걸 잘 아는 미나는 아쉽다는 얼굴로 한마디 하며 일어났다.

"얼굴 작아지는 경락 마사지도 받고 있고, 열심히 몸매도 만들고 있어. 한번 볼래?"

"……"

"그냥 그렇다고. 연락 기다릴게."

단정한 옷차림도 충분히 도발적일 수 있다는 것을 보여준 그녀를 보며 난 가볍게 한숨을 쉬곤 자리에서 일어났다.

*　　　*　　　*

주인이 비어버린 청와대엔 총리가 임시대통령으로 자리를 차지했다. 그러나 총리 이대신은 한순간에 일국의 대통령이 되었지만 정작 일은 전혀 하지 못한 채 회의만 하고 있었다.

"빌어먹을 놈들! 아무리 임시대통령이라고 하지만 지들 마음대로 하려고 있어."

방금 여당 최고위원들과 회의를 마친 이대신은 불편한 심기를 감추지 않았다.

고작 1년밖에 하지 못하는 임시대통령직 때문에 앞으로의 정치 인생은 끝난 것이나 다름없었다. 임시라곤 하지만 대통령까지 한 사람이 국회의원 선거에 나갈 수는 없지 않은가.

그래서 그는 처음부터 새로운 대통령을 뽑자고 주장했다. 그러나 그 말은 씨알도 먹히지 않았고, 결국 마지못해 떠안게 되었다.

"떠맡겼으면 말이라도 좀 듣던가."

앉혀놓고 은근히 이래라저래라 자기들 마음대로 조종하려 드는 것이 도무지 마음에 들지 않았다.

'더 이상 잃을 게 없는 사람이 깽판을 치면 얼마나 무서운지 보여주지.'

1년에 불과하지만 최대한 많은 것을 얻어낼 생각이다.

'그러자면 일단 범인 문제부터 해결해야겠지.'

일단 죽은 대통령이 잊혀야 그가 조금이나마 힘을 발휘할 수 있었다. 그러자면 우선 범인이 잡혀야 했다.

"비서실장, 내가 부르라고 한 사람들은 어떻게 됐나?"

"아까부터 와서 기다리고 있습니다."

"그럼 그쪽으로 가지."

이대신은 기분을 바꾸려는 듯 옷매무새를 바로 하고 회의실로 향했다.

회의실에는 국정원장, 검찰총장, 경찰청장, 해양경찰청장 등 대통령 피살 사건 관련 수장들이 모두 모여 있었다.

"바쁜 분들을 자주 불러 미안합니다."

"별말씀을 다 하십니다, 대통령님."

"오히려 저희가 좋은 소식을 전해드리지 못해 송구스럽습니다."

지금 당장은 아니더라도 대통령이 된다면 당장에라도 교체가 가능한 이들이라 그런지 여당의 최고위원들과 달리 꽤나 고분고분했다.

"고 박명수 대통령을 죽인 이유가 나라에 해악을 끼쳐서라는 되지도 않는 자료를 보낸 놈은 어찌 되었습니까? 범인이 보낸 것이 맞습니까?"

"그게… 노숙자를 이용해 우편으로 붙였고, 노숙자는 술에 취해 상대를 전혀 기억하지 못하고 있었습니다."

"그럼 그자가 실제 범인인지, 혹은 정부 정책에 반하는 인물들이 이용하는 건지조차 모른다는 소리군요?"

"…네, 현재로서는 그렇습니다."

"이거야 어떻게 돌아가는지 당최 알 수가 없으니… 그래서 현재 진행 사항은 어떻게 되어가고 있습니까?"

"…결론적으로 말하자면 지지부진합니다."

"언제쯤 해결될 것 같습니까?"

이대신은 이미 보고를 받아 알고 있는 일을 천천히 물어나 갔다.

그는 사실 수사의 진행 방향이 어떻게 되어가는지, 해결이 될지 안 될지에 대해선 별로 관심이 없었다. 그저 눈치 빠른 자가 다른 의견을 내주길 바랐다.

하지만 질문이 약간 달라진 채 두 번째 반복되고 있었지만 쉽사리 대답이 나오지 않았다. 물론 누군가가 쉽사리 꺼낼 얘기가 아니었다.

이대신은 어쩔 수 없이 약간의 힌트를 주기로 했다.

"사건이 해결되지 않아 하루빨리 처리해야 할 일들도 모두 뒤로 밀려 있는 상태입니다. 올해 예산 편성마저 끝나지 않았는데 어. 떻. 게 .든 해결해야 합니다."

가장 먼저 눈치를 챈 사람은 역시나 다양한 작전을 수행해 본 국정원장이었다.

"일단 급한 일을 먼저 해결하는 방법이 있긴 한데… 다른 분들은 어떻게 생각할지 모르겠군요."

"말해보세요."

"현재 상태라면 솔직히 범인이 이미 중국이나 동남아 쪽으로 도망갔다고 봐야 합니다. 그러니 수사는 비밀리에 계속하되, 사건은 빨리 종결짓는 것도 나쁘지 않다고 생각합니다."

돌려서 얘기했지만 회의실에 있는 사람들 중 못 알아듣는

이는 아무도 없었다.

"그렇게 했을 때 이번처럼 방송국에 범인이라는 자가 자료를 보내면 어찌합니까?"

"그야 미리 작업을 해두면 되지요."

경찰청장의 말에 검찰총장이 다 방법이 있다는 듯 말했다.

"양치기 소년 전략 말입니까?"

"그렇죠."

국정원장이 운을 떼자 그때부터 자연스럽게 계획이 수립되고 그에 대한 방안들이 논의됐다.

그 모습을 바라보며 이대신은 보일 듯 말 듯 고개를 끄덕였다. 사건으로 사건을 덮지 못한다면 조작을 하면 되는 일이었다.

'간 사람은 간 사람이고, 산 사람은 살아야지.'

정치판에 있는 사람이라면 그 어떤 이라도 자신처럼 행동했을 것이라 생각했기에 죄의식 따위는 없었다.

*　　　　　*　　　　　*

방송가가 다시 떠들썩해졌다.

난 가만히 있는데 범인이라고 자처하는 이들이 방송국에 얼토당토않은 서류를 보냈고, 그 때문에 정규방송에 지장이 생길 정도였다.

전형적인 물 타기로 이러다가 곧 범인이 잡혔다는 기사가 나올 분위기였다.

'그렇다면 나한테는 개이득이지.'

모든 수사기관에서 촉각을 곤두세우고 있으니 아무래도 움직이기가 불편했다. 여기서 가짜 범인이 잡힌다면 공개수사는 끝난다는 얘기였으니 다시 엘리트몹(?)을 잡으러 다닐 수 있었다.

그전까지는 기억 속에 죽어가던 사람들을 살리거나 오늘처럼 사람들을 돕는 것으로 염의 에너지를 채울 수밖에 없었다.

"할아버지, 겨울 동안 돈 아끼지 말고 보일러 꽉꽉 트세요."

"돈이 한두 푼 드는 것도 아닌데… 그래선 안 되지."

낡은 좁은 집에 보일러를 틀고 전기를 써봐야 얼마나 들겠는가.

한데 할아버지는 그 돈을 아끼려고 여러 겹의 옷과 이불로 겨울을 나고 있었다.

어떻게 밖보다 집 안이 더 추운 건지.

"그 걱정은 마세요. 그리고 전자레인지와 간단히 데워 먹을 것도 사뒀으니 배고플 때 드세요."

"나 같은 늙은이에게 뭘 이런 걸 다… 고마우이."

할아버지가 세월이 느껴지는 손으로 조심스럽게 날 어루만지는 순간 10일치의 에너지가 차올랐다.

이로써 텅 비어 있던 염의 에너지가 10일치를 제외하곤 모두 찼다.

"피곤하시죠?"

할아버지의 집에서 나온 난 이틀 내내 나를 따라다니며 도움이 필요한 노인의 집을 소개시켜 주는 사회복지사에게 물었다.

"저야 늘 하는 일인 걸요. 오히려 김철 씨야말로 드라마 때문에 한창 바쁠 텐데 이렇게 다녀도 되는 거예요?"

"대통령 문제로 방송이 한 주 쉬게 되었거든요. 그래서 여유가 생겼습니다."

"그나저나 대단하세요. 마흔 명에 가까운 노인 분들을 돕는 것이 말처럼 쉬운 일이 아닌데요."

"이럴 줄 알았으면 선물을 적당히 할 걸 그랬어요. 그럼 좀 더 도울 수 있었는데……."

4억의 상금을 받아 영화 팀, 드라마 팀에 선물을 돌리고, 팬 카페 회원들에게 한턱 쏘고 이것저것 하다 보니 2억이 조금 안 되게 사용했다.

물론 투자였기에 아깝지는 않았지만 노인들이 사는 것을 직접 보고 나니 조금만 줄였으면 한 명이라도 더 도울 수 있었을 텐데 하는 아쉬움이 남았다.

"지금도 충분하세요. 한 번에 큰 도움을 주는 것보다는 작지만 꾸준히 하는 것이 오히려 도움이 되거든요."

"능력이 되면 내년에도 할 겁니다."

"호호! 돈 많이 벌기를 바랄게요. 그래야 도울 수 있지 않겠어요?"

"윽! 열심히 해야겠군요."

"자, 저도 얼른 집에 가서 애들 밥 챙겨줘야 하니 서두르죠. 호호호호!"

성격 좋은 복지사 아주머니는 기분 좋게 웃으며 걸음을 재촉했다.

"아 참, 이분 앞에서 조심해야 할 것이 있어요. 혹여 일본에 대한 욕을 하더라고 그냥 묵묵히 듣고만 계세요. 절대 일본 편을 들진 마시고요."

"왜요?"

"음, 독립운동을 하셨던 분인데, 성격이 보통이 아니시거든요."

복지사의 설명에 꽤 깐깐한 사람을 예상하고 집으로 들어갔는데 지금까지 만난 할아버지들보다 어떤 면에선 더 초라하게 보였다.

"할아버지, 저 왔어요."

"어여 와. 한데 오늘이 오는 날이었나?"

"아뇨, 오늘 할아버지를 뵙고 싶다는 사람이 있어 같이 왔어요."

"쯧, 늙어빠진 나 같은 사람을 무에 볼 게 있다고."

"에이, 할아버지가 어디가 어때서요? 그러지 마시고 아끼는 차나 한 잔씩 주세요."

"참 내, 올 때마다 달라면 어쩌누."

노인들 중에는 독특한 면이 있는 분들이 있었는데, 복지사 아주머니는 그런 분들의 비위를 너무나 잘 맞추고 있었다.

노인이 아끼는 차라고 내놓은 것은 아주 진하게 탄 인스턴트 커피였다.

"아! 맛있다."

정말 별것 아닌 인스턴트 커피였는데 낡은 전기 포트가 마법을 부린 건지, 아니면 포장만 인스턴트 커피였는지 정말 맛이 좋았다.

"끌끌! 커피 맛을 아는 젊은이네. 근데 자네, 낯이 익은데… 혹시 날 아나?"

"처음 뵙습니다, 어르신."

"그래? 한데 어찌 이리 낯이 익을꼬. 자네는 본이 어떻게 되나?"

"한양 김씨입니다."

"한양 김씨라……. 내 아는 분 중에도 한양 김씨가 계셨는데, 혹시 김홍임이라고 아나?"

"제 증조부님의 성함이 김, 홍 자, 임 자를 쓰셨습니다."

"혹시 증조부님이 독립운동을 하셨나?"

"네, 하신 걸로 알고 있습니다."

"허어~ 김홍임 선생님의 후손을 볼 줄이야! 반갑네, 반가워! 난 최정복이라고, 김홍임 선생님과 함께 독립운동을 했다네!"

'도대체 나라를 위해 목숨과 재산을 바쳐 독립운동을 한 사람들은 하나같이 이 모양으로 살고 있는 건지…….'

난 돌아가신 증조부를 만난 듯 기뻐하는 최정복 할아버지를 보며 결코 기뻐할 수가 없었다.

* * *

"형님, 쉬는 시간마다 책을 보더니 이번엔 뭘 그리 열심히 찾아보고 계세요?"

어제부로 칩거에서 풀려난 석두는 제법 홀쭉해진 얼굴로 애써 밝은 척하며 물었다.

"이제 마음의 정리는 좀 됐냐?"

"…마음의 정리랄 게 있습니까?"

엔젤리카를 향한 마음이 진심이었는지 흑사회에서 풀려난 석두는 바로 그녀를 찾아갔었다.

그때 무슨 일이 있었는지 알 수는 없지만 석두는 엄청나게 실망한 얼굴로 돌아왔고, 아무래도 사고를 칠 것 같아서 반강제적으로 한국으로 가 칩거하라는 명령을 내린 것이다.

여전히 정리가 되지 않은 듯 보였지만 모른 척하고 대답했다.

"그러냐? 그렇다면 다행이고. 독립운동가 자손들이 어떻게 살고 있는지 보고 있는 중이다."

"에? 전혀 형님답지 않은 검색이군요. 전 좋은 거 보나 했습니다."

"…나다운 게 뭔데?"

"다 아시면서. 그나저나 요즘 너무 자선 활동에 열중하는 거 아닙니까? 형님이 독립운동과 무슨 관계가 있다고요?"

"증조부님이 독립운동하셨다."

"그, 그렇습니까? 후손들은 어떻게 살고 있습니까? 형님처럼 다 잘나가진 않을……."

"글쎄, 이놈의 나라가 진짜 나라가 맞는지 궁금할 정도로 궁핍하게 살고들 있더구나. 그와 반대로 일본에 앞장섰던 사람들은 떵떵거리고 살고 있고. 목숨과 전 재산을 걸고 독립운동을 했는데 돌아오는 것이라곤 가난과 냉대뿐이라니, 슬프지 않냐?"

"슬프긴 한데 나라에서도 못하는 걸 형님이 어떻게 하시려고요? 하늘에서 돈이 뚝 하고 떨어지지 않는 이상 불가능하지 않습니까?"

석두는 전혀 슬프지 않은 표정으로 말했다.

맞는 말이었다.

그들을 돕기 위해선 최소한 수천억 원은 있어야 하는데, 수중에는 내가 쓸 돈을 제외하면 별로 남지도 않았다.

'진짜 하늘에서 돈이 떨어져야 가능하겠군. 어디 눈먼 돈이

라도 없나?'

슬슬 포기하려고 할 때쯤 눈먼 돈이 있음을 기억해 냈다.

"아! 비자금!"

"뭡니까? 비자금이 있습니까?"

"있었지."

"형님, 저 몰래 숨겨둔 돈이라도 있었습니까?"

"너와는 관계없는 돈이거든!"

바보같이 그 돈을 잊고 있었다. 지금 금과 달러, 현금까지 합친다면 족히 조 단위는 될 터였다.

"나 잠깐 미아리에 갔다 올게."

"촬영은요?"

"밥 먹을 동안 갔다 올 수 있어."

쇠뿔도 단김에 빼랬다고 난 당장 건물이 있던 미아리로 향했다.

"역시나 너무 오랫동안 방치해 둔 모양이네. 그나저나 누가 로또를 맞은 거지?"

옛 7층짜리 건물은 사라지고 지금은 20층이 넘는 건물이 서 있었다.

소유주가 죽었는데 건물이 팔린 것이 웃겼지만 지금은 누가 건물 속에 있던 막대한 돈을 가지게 된 건지 궁금했다.

한데 건물 앞에 붙어 있는 '미향'이라고 적힌 간판을 확인하곤 굳이 부동산에 들러 소유주가 누구인지 확인할 필요가 없게 되었다.

"큭큭큭! 역시 그렇게 된 거였군."

내 과거가 바뀌면서 민종수의 아버지가 돈이 가득한 이 건물을 매입하게 된 것이다.

난 건물을 다시 한 번 바라보고 돌아섰다.

반드시 바꿔야 할 이유가 한 가지 더 생겼다.

제5장

빼앗긴 돈을 되찾아라

염의 에너지가 무한하다면 좋겠지만 그렇지 못하기에 계획을 제대로 세워야 했다.

과거를 보면 미래가 보인다는 것처럼 현재를 보면 과거를 알 수 있었기에 현재에 대한 조사를 먼저 해야 했다.

가장 먼저 해야 할 일은 등기부 등본 확인.

"음, 양희찬 본인이 판 것으로 되어 있군. 그렇다면 관리해 주던 변호사가 넘긴 건가?"

비자금 담당자는 양희찬이라는 사람의 이름으로 건물을 구입했고, 그 건물을 자신과 관련이 없는 변호사에게 관리를 일임했다.

십여 년간 관리해 오던 변호사는 계속 쌓여가는 돈과 건물을 보면서 어떤 생각을 했을까? 처음 관리를 맡기고 얼마 지나지 않아 죽어버려 찾아오는 사람도 없으니 흑심을 품게 된 건 어쩌면 당연한 일이었는지도 모른다.

난 변호사 사무실을 찾았다.

직원들이 날 알아보고 수군거렸지만 정작 변호사는 날 알아보지 못한 듯 보였다.

"어떤 일로 오셨습니까?"

"옛날 아버지의 재산을 찾을 수 있을까 해서요."

"요즘 옛날 재산을 찾는 게 많이 쉬워졌습니다. 증명할 서류가 한 가지만이라도 남아 있다면 충분히 승산이 있습니다."

"금융실명제 이전에 차명으로 되어 있던 건데 가능하겠습니까?"

"가능하죠. 자세한 설명을 들어보기로 할까요?"

난 약간의 거짓을 보태서 그가 관리하던 건물의 주인이 내 아버지라는 걸 말했다.

"…그러니까 귀하의 아버지가 …양희찬이라는 사람의 이름으로 건물을 사뒀다는 말씀이군요?"

양희찬을 언급할 때 변호사의 표정이 바뀌는 걸 놓치지 않았다.

"네. 변호사님께서 아는 이름이 아닙니까?"

"…그렇게 말씀하시니 기억이 나는 것 같기도 하는데… 글쎄요. 클라이언트 중에 양희찬이라는 사람이 있었는지 한번 찾아보도록 하죠."

침착하려 노력하는 모습이 안쓰러울 정도로 서류를 뒤적이는 변호사의 손은 떨고 있었다.

"여, 여기 있군요. 이제야 기억이 나네요. 제가 담당했다가 8년 전쯤 건물이 팔리면서 계약이 끝났군요."

"그렇습니까? 젠장! 그럼 아버지가 팔아먹은 건가? 도대체 아들을 위해 남겨놓은 것이 하나도 없다는 게 말이 돼!"

"……."

"아! 죄송합니다. 제가 너무 흥분했습니다. 빚만 잔뜩 남겨놓은 아버지가 원망스러워서……."

"괘, 괜찮습니다. 건물을 팔았다는 걸… 모르고 계셨나 보군요?"

"예, 유품에서 우연히 건물대장을 발견하고 변호사님께 여쭈어보기 위해 온 겁니다. 혹시나 하는 마음에 온 것인데……. 죄송한데 서류 좀 확인해 봐도 되겠습니까? 깨끗하게 털어버리려면 직접 확인하는 것이 제일 좋을 것 같아서."

없던 일이 되어버릴 것이 분명한데 변호사를 몰아세워 봐야 헛일이었다.

"물론이죠. 보십시오."

내가 포기하는 듯한 인상을 풍기자 자신의 불법 행위가 들키지 않고 넘어갈 수 있다고 생각해서인지 변호사는 기뻐하며 혼쾌히 서류를 건넸다.

"변호사님도 생각해 보세요. 할아버지께서 어마어마한 돈을 유산으로 남기셨는데 저한테는 건물 하나 남기지 않았다는 게 말이 된다고 생각하십니까?"

"허허허."

난 쉴 새 없이 말을 하며 그를 안심시켜 주었다. 그리고 모든 서류를 머릿속에 담았다.

"이거 아버지가 팔아먹었군요. 괜히 변호사님을 귀찮게 해드린 것 같아 죄송합니다."

"허허! 아닙니다. 확실하게 아셨다면 그걸로 족한 거지요."

"그럼 이만 가보겠습니다."

난 알아야 할 것은 다 알았기에 자리에서 일어섰다.

'최소한 세 번은 과거로 가야 해.'

변호사 사무실에서 나와 택시에 몸을 실은 난 밖의 풍경을 바라보며 생각에 빠졌다.

일단 건물을 내 것이 되게 만들기 위해, 그리고 건물 안에 있는 현금과 달러를 처리하기 위해.

미래 바꾸기도 벅찬데 과거를 바꾸러 간다는 것이 우습긴 하지만 날 존재케 해준 사람들과 그 후손들이 가난하게 산다는 것이 마음에 들지 않았다.

모두가 떵떵거리며 잘살게 해줄 수는 없겠지만 최소한 돈 때문에 교육을 받지 못하고 버림받았다는 생각은 들지 않게 해주고 싶었다.

"엘리트몹 몇 마리 잡으면 되겠지."

속으로 생각한다는 것이 중얼거린 모양이다. 젊은 택시기사가 무슨 말인지 알겠다는 듯 물어왔다.

"손님, 무슨 게임하나 봐요?"

"네?"

"엘리트몹 잡는다고 했잖아요."

"아! 네, 네, 게임이라면 게임이죠."

목숨을 건.

"저도 쉴 때는 게임을 하는데 스트레스 해소를 위해선 참 재미있죠."

운전만 해서 심심해서일까, 기사는 도착할 때까지 게임에 대해 신나게 떠들어댔다.

*   *   *

내 생각대로 정부는 대통령 피살범을 조작해 만들었고, 그 때문에 다시 대한민국은 시끄러워졌다. 하지만 일주일 정도 지나자 슬슬 잊자는 분위기로 돌아섰다.

그리고 그때부터 난 다시 본격적으로 바빠지기 시작했다. 촬영이 끝나면 집으로 갈 시간도 아까워 근처 모텔에서 잠을 자고 다시 촬영장으로 향하길 반복했다.

"쉬어라."

혼자 집에 가기 귀찮다고 석두도 모텔에서 잤는데, 각방을 사용하고 있었다.

내 방으로 들어온 난 샤워를 마치고 침대에 누웠다.

졸렸다. 하지만 드라마에서 내 분량이 좀 더 늘어서 과거를 바꿀 시간은 지금뿐이었기에 억지로 잠을 몰아냈다.

"이제 가볼까."

이 짓도 하다 보니 익숙해졌는지 눈을 감자마자 튀어나온 염이 하늘 위로 곧장 올라갔다.

오늘의 빙의 대상은 바로 죽은 비자금 담당자 문봉식이다.

서류를 보고 그가 언제 어느 부동산에서 건물을 계약했는지 알고 있기 때문에 빙의하기 어렵지 않을 것으로 예상됐다.

특히 갈수록 시공간 감각이 좋아져 원하는 시간에 원하는 장소로 가기가 쉬워졌다.

하지만 내가 원하는 시간에 도착했다고 좋은 것만 있는 건 아니었다.

목표물이 도착하지 않은 것이다.

'아직 도착하지 않았군. 한데 지금 이 상태에서 얼마나 버틸 수 있을라나?'

계약을 끝내고 나올 때 다시 들어가 양희찬이 아닌 아버지 이름으로 건물을 계약하려 했는데 시작부터 꼬이고 있었다.

할 일이 없어진 난 유령처럼 부동산 중개업소 지붕에 올라

지나가는 사람들을 구경했다.

'이 시대의 사람들이 더 행복해 보이는 건 내 착각일까?'

나만의 착각인지는 모르지만 지나가는 사람들의 얼굴에 희망이 보이고 있었다.

GDP가 올라간다고, 나라가 발전한다고 국민들이 반드시 행복한 것은 아닌 모양이다.

'한데 이 새끼는 왜 이렇게 안 와? 이러다가 일을 해보지도 못하고 염의 에너지를 모두 소모하는 거 아냐?'

아니나 다를까, 시간이 어느 정도 지나자 점점 사라지는 듯한 느낌을 받았다.

마음이 급해졌다.

뭐라도 해야 한다는 생각과 함께 허둥지둥 부동산 중개업소 위를 날아다녔다. 그러나 밖에 나와 담배를 피우는 중개소 사장을 본 순간 번쩍 떠오르는 것이 있었다.

'헐~ 등신! 요즘 아무리 바쁘다고 이 간단한 생각조차 못하다니.'

굳이 문봉식에게 빙의할 필요 없이 부동산 중개인에게 들어가면 될 일이었다.

난 사라지기 전에 부동산 중개인의 머릿속으로 파고들었다.

중개인의 몸을 차지한 후 가장 먼저 느껴지는 건 독한 담배 맛이었다.

"콜록콜록!"

눈물까지 쏙 뺀 후에야 겨우 기침이 멈췄다. 그리고 그때 이 당시 고급차이던 '그랜다이저'라는 자동차가 천천히 속도를 줄이더니 앞에 섰다.

"이곳 사장님입니까?"

정장 차림에 선글라스를 쓴 문봉식이 차에서 내리며 물었다.

"그렇습니다만……."

난 애써 그를 모른 척하며 사장인 척 연기했다.

"미아리 오팔팔 근처에 있는 7층짜리 건물을 사러 왔습니다. 사장님 소유라고 하던데, 맞습니까?"

"아! 엄밀히 따지면 제 소유는 아닙니다. 하지만 팔려는 건 사실입니다. 이쪽으로 들어오시죠."

문봉식의 기억을 가지고 있는 난 부동산 중개소 사장이 어떤 말을 했는지 대충 기억하고 있었다.

"현찰로 4억 드리겠습니다."

문봉식은 길게 말하기 귀찮다는 듯 4억을 제시했다.

난 사장의 생각을 절반 정도의 에너지를 사용해 읽었다.

내가 계약을 했다가 마음이 바뀌면 곤란했기 때문이다.

사장이 생각하는 가격은 3억 6천.

하지만 난 말을 늘어뜨리며 기억대로 말했다.

"음, 며칠 전에 온 분도 4억을 제시했는데… 상도의상 먼저 온 사람에게 파는 것이 도리인 것 같은데……."

실제로 팔린 가격이 4억 2천이었기 때문이다.

"2천 더 드리죠. 대신 부탁할 것이 있습니다."

"허허허! 통이 크신 분이시네요. 부탁이라니, 말만 하십시오."

정해진 대본을 읽는 기분이다. 한 가지만 제외한다면 말이다.

계약서를 작성하던 양희천이라는 이름을 보고 큰 소리로 호들갑을 떨었다.

"양희천이요? 이 건물을 양 사장이 사는 거였습니까? 그렇다면 조금 싸게 해드렸을 텐데."

"…무슨 말씀인지?"

"어, 아닌가? 제가 아는 사람 중에도 양희천 사장이 있거든요. 아! 차명으로 계약한다고 했으니 다른 사람인 모양이군요. 실례했습니다. 한데 주민번호를 보면 양 사장과 나이도 똑같은 것 같은데……."

"…그렇습니까?"

비슷한 동일인이 있다는 내 말에 꽤나 곤란한 표정을 짓는 문봉식이다.

그때 난 준비해 온 떡밥을 던졌다.

"험험! 혹시 차명으로 하실 거면 제가 사용하려고 한 흔적이 남지 않는 명의가 하나 있는데……. 어차피 이름이야 어떻게 됐던 건물 문서만 사장님이 가지고 계시면 되잖습니까?"

"그건 그렇죠. 그 사람 이름이 뭡니까?"

"김유성입니다."

"김유성이라……. 그럼 그렇게 합시다."

얼른 돈을 숨겨야 하는 문봉식으로는 물 수밖에 없는 떡밥
이었다.

이렇게 난 보물이 잔뜩 든 건물을 아버지의 명의로 바꿨다.

*　　　　*　　　　*

일을 마치고 염의 에너지가 사라지자 바뀐 과거가 미래에
반영되었다.

미래가 다소 바뀌길 원했다. 하지만 건물주가 양희찬에서
아버지의 이름으로 바뀐 것을 제외하고는 바뀐 것이 없었다.

여전히 문봉식은 돈을 빼돌린 후 권력자의 손에 죽었고, 변
호사는 주인이 나타나지 않는 건물을 민종수의 아버지에게
팔아먹었다.

"어설프게 바뀌느니 안 바뀌는 게 낫지. 그나저나 으~ 춥
다. 난로 가지러 간 석두는 왜 안 오는 거야!"

한겨울에 야외 촬영이다 보니 추위가 장난이 아니었다.

한데 초짜 매니저인 석두가 미리 준비해 두었을 리 만무했
고, 한 시간쯤 전에 부리나케 구하러 갔는데 아직까지 깜깜무
소식이다.

"젠장, 운동은 더 이상 못하겠다."

운동을 할 땐 추위가 가셨지만 조금 지나면 더 추워진다는
단점이 있었다.

염치 불구하고 촬영 중인 선배의 자리로 가서 몸을 녹일까 하는데 석두가 달려오고 있다.

"…왜 빈손이냐?"

"배터리랑 전기난로를 사가지고 오는데 수현 누나가 너무 춥게 있는 것 같아서 주고 왔습니다. 잘했죠?"

"난 얼어 죽어도 괜찮고?"

"에이~ 형님은 남자잖습니까. 제가 핫팩 몇 개 챙겨왔으니 이거면 충분할 겁니다."

평소라면 그냥 넘어갈 수도 있었지만 오늘은 뇌까지 얼어붙고 있는 중이라 참을 수가 없었다.

"이……! 추위에 남녀가 어디 있어! 너, 남자니까 오늘부터 밖에서 잘래?"

"…뺏어 와요?"

"됐어, 이 자식아! 하여간 넌 앞으로 차에서 히터만 틀고 있어봐. 아주 잘라 버릴 테니까."

"…다시 사오겠습니다."

"핫팩은 주고 가!"

하여간 사람 치사하게 만드는 데는 선수였다.

핫팩 두어 개를 품에 넣고 호주머니에도 넣자 열기가 조금 돌았고, 그제야 살 만했다.

"사람들이 왜 벽 쪽에 옹기종기 모여 앉아 있었는지 이제야 알 것 같네."

바람을 막고 조금이라도 상대방의 온기를 느끼기 위함이
리라.

난 사법시험 정리 노트를 볼 요량으로 떨어져 있었는데, 정
작 몇 글자 보지도 못했다. 결국 정리 노트를 품속에 넣고 단
역 배우들이 모여 있는 곳으로 갔다.

"이쪽으로 앉으세요."

내가 다가가자 한 사람이 살짝 자리를 만들어줬다.

"감사합니다."

역시 사람들이 모여 있는 이유가 있었다.

춥긴 했지만 혼자 있을 때와는 비교도 안 될 만큼 덜 추
웠다.

"커피 한 잔 하실래요?"

자리를 양보한 이가 이번엔 등에 메고 있던 가방에서 보온
병을 꺼내며 물었다.

"사양할 형편이 안 되네요. 염치 불구하고 잘 마시겠습니다."

자리를 양보하고 따뜻한 커피를 주는 사내가 무슨 생각으
로 호의를 베푸는지는 중요하지 않았다. 만일 그가 차후에 나
를 통해 작은 배역을 따길 원한다면 오늘 받은 고마움에 기꺼
이 해줄 터였다.

지금은 누군가를 꽂을 능력이 안 되지만 말이다.

사람들 틈에 앉은 김에 심심함을 달래고자 주위 사람들과
통성명을 하며 얘기를 나눴다. 주로 듣는 입장이었지만, 다들

재미나게 말을 잘해 추위를 못 느낄 정도였다.

한데 문득 누군가가 날 바라보는 것 같은 느낌이 들었다.

"김민주?"

돌아보니 사촌 동생인 민주가 팔짱을 낀 채 안쓰럽다는 듯 날 바라보고 있다.

그런데 그런 모습에 화가 나기는커녕 짠한 마음이 들었다. 사건 다음 마음고생을 했는지 얼굴이 반쪽이 되어 있었기 때문이다.

"TV에서 볼 땐 꽤 자랑스러운 오빠처럼 보였는데 지금 보니 영락없이 노숙자네."

"말하는 본새 하곤. 오빠가 보고 싶어 온 건 아닐 테고, 지나가는 길이었냐?"

"어린 사촌 동생의 몸을 훔쳐본 오빠가 보고 싶어 온 건 아니고 만나러 왔어."

"야! 누가 들으면 오해하겠다! 이쪽으로 와!"

민주를 잡아끄는 손엔 힘이 들어가 있지 않았지만 예상외로 순순히 끌려왔다.

스태프에게 사촌 동생과 잠깐 얘기를 나누겠다고 말한 뒤 촬영장과 제법 떨어진 곳에 주차된 승합차로 민주를 데리고 왔다.

"내가 여기서 머리와 옷을 헝클어뜨리고 고함을 지르면 어떻게 될까?"

"어떻게 되긴 좆 되는 거지."

"…해볼까?"

"네 마음이 편해진다면 그렇게 해."

"연예계 생활도 끝날 테고, 세상의 욕이란 욕을 다 먹을 텐데?"

"죽는 것만 아니면 사촌 동생을 위해 그 정도쯤이야 해줄 수 있어."

내 말에 민주는 진의를 파악하겠다는 듯 눈을 좁히며 빤히 바라보았다. 그러나 그것도 잠시, 아까부터 짓고 있던 허무한 표정을 다시 지으며 말했다.

"진심이네. 하긴, 별로 본 적 없는 사촌 동생을 위해 더한 일도 마다않는 사람이니……."

뭔가 삐딱한 말이었지만 풍기는 뉘앙스가 왠지 위태롭게 느껴져 말을 아꼈다.

"재미없다. 본론을 말할게. 오늘 오빠를 보러 온 이유는 전할 말과 들을 말이 있어서야."

"해."

"나, 유학 가. 도피성 유학 같아 싫은데, 이대로 한국에 있다간 미쳐 버릴 것 같거든."

"…많이 힘들었냐?"

"응."

어쩐지 큰 사건이었을 텐데 너무 담담하게 넘어간다 싶었다.

"얘기할 사람이 필요했으면 찾아오지 그랬어?"

"…오빠가 무서웠어. 나도 알아! 오빠가 날 구해주지 않았다면 지금쯤 죽는 것보다 더 비참하게 살고 있을 거라는 거. 하지만 사건에 대해 알아갈수록 오빠가 무서워지는 걸 어떻게 해!"

"그랬구나. 하면 이젠 안 무섭니?"

"올 때까진 조금. 한데 막상 보니까 괜찮아. 그냥 동네 바보 오빠 같아."

"쯧! 칭찬이야, 욕이야?"

"당연 칭찬이지. 오늘 아침까진 동네 살… 아니, 악당이었는데. 어, 어쨌든 할 말은 했으니까 이번엔 묻고 싶은 게 있어."

자신도 모르게 '살인자'라고 말하려던 민주는 황급히 화제를 돌렸다.

"무엇을 물을지 겁나는데?"

"솔직히 말해줘야 해. 솔직히."

"알았어."

"절대 거짓말하면 안 돼. 알았지?"

몇 번이고 진실을 말하라고 다짐을 받고서야 민주는 본론을 꺼냈다.

"내 친구… 아니, 날 그놈들한테 팔아먹은 개도 오빠가 그런 거야?"

진실을 말하겠다고 했지만 거짓말을 했다. 물론 믿을 거라는 생각은 없었다.

"아니."

"진짜?"

"응, 진짜."

"오빠 정말이지 정직한 사람은 아냐. 하지만… 가족에게 다정다감한 사람임은 인정해야겠다."

"이거 무슨 말을 해도 다 거짓말이라고 하네. 진실은 하늘만이 알 거다."

"됐어. 오빠 말 믿을 테니까 괜한 하늘한테 뒤집어씌우지 마."

민주는 내가 그 애를 죽였다는 걸 어렴풋이 느끼면서도 하지 않았다는 말을 듣고 싶었는지 모른다.

원하는 대답을 들어서일까, 민주는 처음보다 조금 편안한 얼굴을 하고 있었다.

"촬영하러 가봐야 하지? 난 이만 가볼게."

"두어 컷 찍고 나면 저녁 먹을 텐데 같이 먹자. 오빠가 스타들 소개시켜 줄게."

"됐어. 내가 좋아하는 스타는 이미 만났어."

"언제? 뭐, 그게 중요한 게 아니니까. 그럼 사흘 뒤에 시간 나는데 그때 오빠가 맛있는 거 사줄게."

"나, 내일 떠나."

"헐! 뭐가 그리 급해?"

"떠나기 전에 오빠 얼굴이라도 보고 가려고 온 거야. 정 아쉬우면 나중에 돈이라도 좀 보내줘. 아빤 절대 정해진 돈 이상 보내주는 분이 아니거든."

"하하! 알았다. 필요하면 언제든 연락해. 몸 건강히 잘 다녀오고."

"내 걱정 말고 오빠 걱정이나 해. 스타로 사는 것이 뭐가 부족하다고……. 아니다, 내 앞가림도 못하면서 무슨 충고를. 그럼 다음에 꼭 볼 수 있기를 바라, 오빠."

마치 내가 뭔 짓을 하고 다니는지 알고 있다는 듯 말하던 민주는 돌연 작별 인사를 하곤 총총걸음으로 떠났다.

"에휴~ 나라고 좋아서 하겠냐? 안 하면 내가 사라지는데 어쩔 수 없잖아."

민주가 날 걱정해서 하는 말이라는 걸 알고 있었지만 별다른 방법이 없었다. 난 그녀가 떠난 곳을 향해 중얼거리다 촬영장으로 향했다.

*　　　*　　　*

대통령 피살 사건 특수수사본부는 범인이 잡히며 공식적으로 해체되었다. 그러나 비공식적으로는 여전히 범인을 잡기 위해 움직이고 있었다.

"잡을 의지는 없고, 책임질 사람은 필요하고…장담하건대 대리님이 범인을 잡아도 결코 좋은 소리 듣지 못할 걸요?"

김완주의 말에 방찬희는 인상을 찌푸렸다.

"넌 어째 매사에 그리 부정적이냐?"

"현실적인 거죠. 수사팀이라고 남아 있는 사람들의 면면을 살펴봐요."

틀린 말은 아니었다. 각 조직에서 가장 문제라고 일컬어지던 사람들만 모였는지 통일성 없이 제각각 움직이고 있었다.

다만 장점이라면 마음대로 움직여도 보고서만 제출하면 수사팀의 책임자가 아무 말도 하지 않는다는 것이다.

"상관없어. 난 그놈만 잡을 수 있으면 돼."

"수백 명이 넘게 수사해도 못 잡았는데 대리님이 무슨 수로 잡아요?"

"두고 봐. 반드시 잡을 거니까."

"네, 네, 꼭 잡길 바랄게요."

비아냥거리는 김완주를 보고 있자니 꿀밤이라도 한 대 먹여주고 싶었다. 그러나 여기저기 인맥이 많아 도움이 많이 되고 있었기에 참을 수밖에 없었다.

오늘 만나기로 한 유명 프로파일러도 그녀의 은사이지 않은가.

"오! 완주야, 어서 오렴."

"선생님! 잘 지내셨어요?"

"네가 없으니 편안하게 잘 지내고 있다. 허허허! 이분은?"

"직장 선배예요."

"반갑소, 오재덕이오."

"말씀 많이 들었습니다, 선생님. 방찬희입니다."

"완주를 데리고 다니느라 고생하시겠구려."

"선생님!"

"귀청 떨어지겠다! 내가 어디 틀린 말 했냐? 그리고 어떻게 된 게 네 목소리는 갈수록 커지냐! 시집갈 때도 됐으니 이제 좀 얌전할 때도… 험험! 궁금한 것이 있다면서요?"

김완주가 가자미눈을 하자 오재덕은 재빨리 시선을 방찬희에게 돌렸다.

세계적인 프로파일러치곤 행동이 너무 가벼운 것 아닌가 하는 생각이 일순 들긴 했지만 눈빛을 마주하는 순간 벌거벗겨진 듯한 느낌을 받아야 했다.

방찬희는 황급히 그의 시선을 피하며 가방 속에서 서류를 꺼내 그에게 건넸다.

"이 서류를 좀 봐주십시오. 별개의 사건처럼 보이는 이것이 한 사람의 짓일 수도 있다는 얘기를 들었는데, 선생님의 생각은 어떤지 듣고 싶습니다."

"옆에 훌륭한 프로파일러를 두고 굳이 날 찾아온 이유를 모르겠군요."

"네?"

"완주가 프로파일러라는 거 몰랐습니까? 쟤가 보기엔 저래도 이 방면에선 천재죠. 물론 성격은 많이 이상하지만……. 유학을 보내주겠다는데도 마다하고 국정원에 들어갔을 땐 정말이지 사제의 연을 끊고 싶었다니까요."

방찬희가 정말이냐는 표정으로 김완주를 돌아보자 그녀는 어깨만 으쓱할 뿐이다.

"음, 완주가 내린 결론이라면 볼 것도 없겠지만 무슨 사건인지 한번 볼까?"

가벼운 마음으로 서류를 펼친 오재덕은 안경까지 바로 하며 서류에 파고들었다.

일반 사건이 아닌 대통령 피살 사건과 관련된 일이기 때문이기도 했지만 여러 개의 사건이 동일인의 소행이라는 김완주의 소견에 의문이 들었기 때문이다.

"…이 서류에 빠진 부분이라도 있는 거야, 아님 완주 네가 이젠 나도 넘보지 못하는 수준에 이른 거냐? 난 이 세 가지 사건이 모두 동일범의 짓이라곤 생각 못하겠구나. 물론 여연호 사건과 대통령 피살 사건의 경우엔 그럴 수 있다고 해도 해머 살인 사건과 범죄자 폭행사건까지 묶는 건 무리 아니냐?"

오재덕도 서류에 있는 네 사건에 대해 모두 알고 있었고 나름 흥미가 있어 조사를 한 적도 있었다.

"두 가지가 빠져 있어요. 하나는 범인이 미래를 볼 줄 안다는 것과 다른 하나는 보통 인간보다 훨씬 강하다는 거예요."

"후자야 그렇다 치고 미래를 본다는 말은 농담이지?"

"선생님도 대리님이랑 똑같은 말을 하시네요."

"정말 믿는다고?"

"믿어요. 하지만 추측에 불과해요."

"황당하긴 하지만 일단 한번 들어보자. 그 추측."

김완주는 어렵지 않다는 듯 화이트보드에 가서 '여연호'라는 글자를 쓰면서 말을 시작했다.

"여연호 피살 사건의 목격자의 증언에 따르면 범인은 여연호가 미래에 저지를 일들에 대해서 말했다고 합니다. 물론 곧이곧대로 믿기엔 어려움이 있겠죠. 그러나 대통령 피살 사건 이후에 일어나기 시작한 범죄자 폭행사건을 자세히 살펴보면 '설마'에서 '어쩌면'이라는 생각으로 바뀌게 됩니다."

"음, 나도 그 점이 조금 이상하긴 했어. 경찰들은 짐작조차 못하고 있는 연쇄살인범이나 범인들을 귀신같이 찾아내 완전 병신이 될 때까지 패버렸으니 말이야."

"목격자들의 증언을 들어보면 더 이상해요. 당하려는 찰나 백마의 기사처럼 짠 하고 나타났다고 했거든요. 범인도 아닌데 범행 장소를 알고 기다린다? 어떻게 설명해야 할까요?"

김완주의 설명이 계속될수록 방찬희와 오재덕은 자신도 모르게 고개를 끄덕이고 있었다.

제6장

아버지의 과거

　나라를 병들게 하는 것이 비단 정치뿐일까만 대체적으로 정치에 관여한 사람들 중에 엘리트 몬스터들이 많았다.

　오늘의 목표는 국회의원은 아니지만 암암리에 정치인과 경제인을 연결시켜 주는 역할을 하는 자였다.

　내가 보낸 경고문 때문인지, 아님 평소에 조심성이 많은 건지 네 명의 경호원을 대동한 채 공원에서 산책을 하고 있었다.

　"뭐, 그래봐야 헛일이지만."

　난 공원이 훤히 보이는 건물 옥상에서 중얼거리며 천천히 방아쇠를 당겼다.

　'틱' 하는 소리와 함께 장년의 사내가 픽 꼬꾸라졌다. 그리고 그와 동시에 염의 에너지가 끝까지 차올랐다.

설마 한 방에 맞출 줄은 몰랐다. 넉넉하게 준비해 온 총알이 무색했다.

총을 분해해 공이를 빼내고 현장에 모두 내버린 후 가스 배관을 타고 건물을 내려왔다.

"헐～ 또 정연 누님 만나고 오시는 겁니까? 정말 체력도 좋으십니다."

편의점에서 소주를 사 들고 오던 석두와 마주쳤다.

"술 좀 작작 마셔라."

"낮에 차에서 잠깐 졸았더니 잠이 안 오네요. 누구처럼 힘쓸 곳이 있는 것도 아니고……."

"그럼 어디 가서 쓰고 오든가."

"됐습니다. 이제 업소 애들이랑은 싫습니다."

시무룩한 모습으로 자신의 방으로 들어가는 석두를 보고 있자니 안쓰러우면서도 한편으로는 온 힘을 다해 누군가를 사랑할 수 있음이 부러웠다.

"자식, 말이라도 하면 한결 나을 텐데……."

엔젤리카를 만나러 가서 무슨 일이 있었는지 그녀에 대한 말만 나와도 기겁을 하고 피해 버리니 위로를 하기에도 애매모호했다.

뭔가 알아야 위로라도 할 거 아닌가.

"쩝! 곧 좋아지겠지."

해야 할 일이 있었기에 석두에 대한 연민은 여기까지였다.

침대에 누웠다.

'연도는 1992년, 빙의 대상은 아버지, 직업에 어울리지 않게 틈틈이 일기를 쓰신 덕분에 일이 쉬워졌지. 혹시나 아버지한 테 빙의할 수 없다면 아버지 친구들에게 빙의하는 것도 방법이고.'

난 지난번의 일을 상기하며 염을 바로 하늘로 올려 보내지 않고 차분히 계획을 다시 한 번 되뇌었다.

내가 1992년을 목표 시점으로 잡은 건 세 가지 이유에서 였다.

첫째가 땅값이 쌀 때 건물을 사기 위함이고, 둘째가 1993년 갑자기 시행되는 금융실명제 전에 현금을 처리하기 위해서였다.

'이제 슬슬 가볼까.'

돌다리도 너무 두들기면 무너질 수 있었다.

열심히 계획을 세워둔 덕분일까, 난 무사히 술에 떡이 되어 있는 아버지의 몸을 차지할 수 있었다.

"혀, 형님, 벌써 일어나셨습니까?"

아버지의 동생으로 어린 시절 아버지와 함께 다니는 걸 몇 번 본 적이 있다.

아버지의 몸을 차지한 내가 일어나자 후다닥 일어나 자세 를 바로 했다.

평소 아버지가 동생들에게 어떤 존재인지를 알 수 있었다.

'잠든 줄 아는 날 쓰다듬으면서 당신이 힘이 없었음을 한탄하며 몰래 눈물 흘리시던 분이었는데……. 나만큼 아버지의 인생도 바뀌었구나.'

기억엔 존재했지만 세 번의 인생을 살면서 단 한 번도 실제로 아버지와 만나지 못한 것이 아쉬웠다.

상념은 금세 털어냈다.

"피곤할 텐데 자라. 난 오늘 일이 있어서 일찍 좀 나가볼게. 차는 가져간다."

"예, 형님. 다녀오십시오."

아버지 옷 중 가장 고급 양복을 입고 머리에 무스를 발라 최대한 사업가처럼 보이도록 했다.

어느 시대건 겉모습이 첫인상을 대신하는 경우가 많았는데, 오늘은 특히나 최대한 부유하게 보여야 했다. 다행인 것은 아버지께서 꽤 미남이시라 복장만 어느 정도 갖추면 귀공자처럼 보인다는 점이다.

가장 먼저 찾은 곳은 가방을 파는 곳으로, 눈에 띄는 큰 가방을 모조리 산 다음 비자금이 숨겨진 건물로 갔다.

"이봐요, 거기 주차하면 안 됩니다!"

입구에 차를 대자 경비 아저씨가 소리쳤다. 2인 2교대라고 들었는데 예전에 본 그 아저씨였다.

"제가 이 건물 주인입니다."

"네? 아! 죄, 죄송합니다. 제가 몰라뵙고……."

"괜찮으니 개의치 마십시오. 이번이 처음 오는 것인데 몰라
보는 게 당연하죠."

별일도 아닌 일에 연장자가 허리를 굽히는 건 좋아하지 않
았다.

"전 할 일이 있으니 신경 쓰지 마시고 아저씨는 일 보세요."

"네, 네."

어떤 말을 해도 강압적으로 들리는 건지 아저씨는 다시 고
개를 숙였다.

난 어쩔 수 없이 같이 고개를 숙여 인사를 하곤 가방을 들
고 6층과 7층 사이에 있는 비밀의 층으로 올라갔다.

여러 개의 방이 있었지만 오늘 처리할 것은 만 원권이었기
에 지폐가 있는 곳으로 바로 들어갔다.

"휘이~ 익!"

절로 휘파람이 나왔다.

염일 때 돈을 보는 시선과 사람일 때 돈을 보는 시선이 확실
히 달랐다. 전자일 땐 휴지였는데 지금 보니 확실한 돈이었다.

얼마쯤 될까. 차곡차곡 쌓인 돈 탑에서 이가 빠진 부분이
있었다.

'후후! 내가 1992년도로 온 세 번째 이유가 저것 때문이지.'

과거가 바뀌면서 등기부 등본 상의 건물주가 아버지 이름으
로 바뀐 것으로만 생각했는데 한 가지 더 바뀐 것이 있었다.

바로 1991년 과거의 내가 얼마간의 돈을 챙기러 왔을 때의

기억인데, 내가 이 건물 경비 아저씨에게 양 사장이 아닌 김 사장 부탁으로 왔다고 말한 것으로 기억이 바뀌어 있었다.

만일 1990년도로 가서 돈을 없앤다면 기억이 어떻게 바뀔까 궁금하긴 했지만 괜스레 시간의 소용돌이가 생길 것 같아 1992년도로 목표를 잡은 것이다.

"생각은 여기까지! 시작해 볼까."

생각한 것과 달리 돈이 너무 많이 쌓여 있었다. 해서 1분 1초라도 서둘러야 했다.

1억이 들어가는 가방을 하나 만들고, 나머지 가방엔 2억씩 때려 넣었다. 그리고 트렁크, 뒷자리 할 것 없이 차에 가득 싣고 이때 당시 검사이던 큰아버지가 일하는 인천지방검찰청에 전화를 걸었다.

─네가 그 짓을 하는 동안은 인연을 끊겠다는 말을 허투루 들은 거냐?

아버지는 허투루 듣지 않았겠지만 난 큰아버지가 어떤 분이라는 걸 알기에 신경 쓰지 않고 용건을 말했다.

"믿을 만한 변호사가 필요합니다."

─세상에 믿을 만한 변호사는 없다. 무슨 사고라도 친 거냐?

"사고는요. 의미 있는 일 한번 해보려고요. 정정하죠. 입이 무거운 변호사를 아시면 소개시켜 주십시오."

─빌어먹을 자식, 잘도 의미 있는 일이겠다. 더 길게 얘기하기 귀찮으니까 받아 적어. 내 동긴데, 돈만 주면 입은 무거울

거다. 혹시라도 그 녀석에게 문제가 생긴다면 그땐…….

"걱정 마세요. 아무 일도 없을 겁니다."

다시 한 번 안심을 시킨 후에야 큰아버지는 동기의 전화번호와 주소를 불러주었다. 난 듣자마자 변호사를 만나기 위해 움직였다.

*　　　*　　　*

허종욱은 대학부터 막역지우로 지내고 있는 김장성에게서 전화를 받았다. 깡패인 그의 동생이 자신을 찾아온다는 것이었는데, 잘 봐달라는 얘기였다.

언제나 신세만 지던 친구에게 처음 받은 부탁이라 걱정 말라고 말했지만 조직폭력배라는 것에 살짝 긴장이 되는 건 어쩔 수 없었다.

'뭐야, 부잣집 도련님처럼 생겼잖아! 심지어 장성이보다 더 여리하게 생겼는데 조폭이라니…….'

첫인상은 꽤나 충격적이었다.

그러나 그보다 더 충격적인 건 그가 내미는 돈 가방이었다.

"1억입니다."

어느 정도 마당이 있는 괜찮은 단독주택이 6,000만 원이면 구입이 가능한 시대였다.

전관예우가 만연하던 시대, 학벌도 사법시험 성적도 나빠 마지못해 개업하게 된 변호사 사무소가 잘될 리가 없었다.

"꿀꺽!"

한데 1억이 눈앞에서 있으니 절로 군침이 넘어갔다. 그러나 초인적인 인내심으로 눈앞에 있는 돈을 김유성에게 밀며 말했다.

"…불법적인 일은 거절하겠습니다."

"에이~ 제가 설마 형님이 소개시켜 주신 분께 불법적인 일을 맡기겠습니까?"

"그럼 이 돈은……?"

"앞으로 맡게 될 일을 잘 부탁드린다는 의미에서 드리는 겁니다."

"도대체 무슨 일이기에 이렇게 많은 돈을 준다는 건지 이해가 되지 않는군요."

"설명 드리죠."

김유성의 설명은 간단했다.

그가 주는 돈으로 건물을 사서 세금 문제부터 모든 것을 관리를 하라는 것이었다.

"매달 수수료는 건물 임대를 해서 나오는 수익에서 알아서 챙기면 됩니다."

말로만 들으면 정말 땅 짚고 헤엄치기나 다름없는 일이었다. 그러나 1억을 준다는 건 그만한 책임이 따른다는 걸 모를 만큼 어리석지 않았다.

"대가가 큰 만큼 위험도 크겠군요?"

"모든 일이 그렇죠. 하지만 전적으로 맡겨서 많은 비용을 지불한다고 생각하시면 됩니다. 혹시 변호사님이 잘못하신다고 제가 바다 속에 넣기라도 하겠습니까?"

"…하하."

허종욱은 농담처럼 말하는 김유성의 눈빛을 본 순간 등줄기가 서늘해지는 느낌을 받았다.

'괜히 조폭이라 불리는 건 아니구나. 하지만 욕심만 부리지 않으면 되는 일이야.'

친우인 김장성의 부탁이 아니더라도 성격상 남을 속이면서까지 뭔가를 도모할 위인은 되지 못했다.

"하죠. 일이 들어왔는데 제가 부정을 저지를까 무서워하는 것도 웃기는 일이니까요."

"잘 생각하셨습니다. 그럼 그 돈은 챙기고 바로 일을 시작해 볼까요?"

"바로요?"

"바쁜 일이라도 있으십니까?"

"아, 아닙니다. 바로 하도록 하죠. 그럼 어떤 일부터 하는 것이……?"

"관리할 건물이 필요하니 건물부터 사야겠죠."

"그렇군요. 그럼 이 돈은……?"

지폐 다발이 탐스럽게 담긴 가방을 흘낏 보며 물었다. 듣기론 자신의 돈이 분명했지만 별것 아닌 일로 1억씩이나 받는 게 조금 미안해서였다.

"변호사님 겁니다. 자, 이제 움직일까요?"

통이 큰 건지 돈 감각이 없는 건지 이미 자신의 돈이 아니라는 듯 자리에서 일어났고, 허종욱은 가방의 지퍼를 닫고 허둥지둥 숨길 곳을 찾았다.

"적당히 던져두십시오. 전문 도둑이 들어오면 어디에 숨겨도 마찬가집니다. 아! 나가는 김에 은행에 맡기셔도 되겠군요."

금융실명제가 된 다음부터 해가 갈수록 돈의 흐름은 투명해졌다. 그러나 지금은 금융실명제 이전. 차명으로도 충분히 입출금이 가능했다.

"…그래도 될까요?"

괜찮다는 듯 고개를 끄덕이는 김유성의 행동에 가방을 끌어안고 사무실을 나와 그의 차에 올라탔다.

"……!"

왠지 돈이 들어 있을 것 같은 가방들이 뒷좌석에 아무렇게나 쌓여 있다.

'20억? 30억?'

1억이 든 가방을 끌어안고 행여나 잃어버릴까 부들거리고 있는 자신이 순간 한심하게 느껴졌다.

그의 마음을 알았을까, 운전석에 앉아 시동을 걸던 김유성이 한마디 했다.

"좋은 일에 쓸 돈이니 너무 이상하게 보진 말아주십시오."

"좋은 일이오?"

"이제 한 배를 탔으니 변호사님께서 아셔도 상관없겠군요. 어느 정도 규모가 커지면 독립운동가와 그 후손들을 위한 재단을 만들 생각입니다."

"아! 장성이가… 아니, 젊은 분답지 않게 굉장한 생각을 하시는군요."

"거창한 건 없습니다. 그저 그들을 잊지 않고 있는 사람도 있음을 알려주고 싶을 뿐입니다."

허종욱은 김유성의 말에 충격을 받았다.

그 역시 독립운동가의 자손이다.

그러나 독립운동가의 자손임이 그리 자랑스럽지 못했다. 오히려 지긋지긋한 가난 때문에 등록금이 없어 장학금을 받기 위해 지방대를 선택해야 했다.

그 때문에 일본의 앞잡이가 되지, 왜 독립운동을 했느냐고 할아버지에게 소리를 친 적도 있었다.

물론 독립운동가의 자손이라고 해서 나쁜 일만 있는 건 아니었다.

국가유공자 할인 정책과 매달 정부의 보조금—비록 쥐꼬리만 했지만—이 나왔다.

무엇보다도 좋았던 점은 같은 독립운동가의 자손이라는 공통점 때문에 김장성이라는 친구를 만나게 된 것이다.

하지만 그뿐이었다.

독립운동가의 자손이라는 것이 술자리에서 자랑거리는 될지 모르지만, 살아가는 데 큰 도움은 되지 못했다.

문득 바락바락 소리치는 자신을 향해 씁쓸하게 웃던 할아버지의 모습이 떠올랐다.

죄송하다는 말도 못했는데 얼마 지나지 않아 돌아가신 할아버지가 돈 가방을 꽉 움켜쥐고 있는 지금의 자신을 바라보는 듯한 느낌이 들었다.

수치심이 고개를 들었다.

'…죄송해요, 할아버지.'

제사 때마다, 명절에 성묘를 할 때마다 한 사죄를 다시 해보지만 할아버지는 여전히 씁쓸한 표정 그대로를 짓고 계셨다.

허종욱은 움켜쥐고 있던 돈 가방을 뒷자리에 던지며 말했다.

"저도 그 좋은 일에 끼워주세요, 김유성 씨."

이젠 더 이상 씁쓸한 표정을 짓는 할아버지가 아닌, 어린 시절 자신을 보면 언제나 환하게 웃으며 머리를 쓰다듬어 주시던 할아버지를 떠올리고 싶었다.

*　　　　*　　　　*

자신이 독립운동가의 자손이라고 밝힌 허종욱이 열성적으로 일을 돕기 시작하자 내가 바라던 일은 수월하게 진행

되었다.

　건물에서 돈을 실어 나르기를 몇 번, 해가 넘어갈 때쯤 현금이 바닥났고 15장의 등기부 등본이 손에 쥐어졌다.

　한꺼번에 한 사람의 이름으로 너무 큰돈이 오가면 조사를 받을 수 있다는 허종욱의 제안을 받아들여 한 건물을 제외하곤 모두 다른 사람의 명의였다.

　"가장 큰 건물을 제외하곤 차명으로 되어 있지만 재단을 설립할 때 통합하면 되니 걱정 마세요."

　"알아서 해주십시오. 그리고 아까 말씀드렸다시피 제가 다시 변호사님을 찾을 때까진 어떤 일이 있더라도 절 찾지 말아주십시오."

　"이해가 안 되지만 알겠습니다."

　아버지가 알면 미래가 어떻게 바뀔지 모르는 일이기에 난 몇 번이고 강조했다.

　"그럼 이 서류는 변호사님이 가지고 계십시오. 참, 이 가방도 가져가시고요."

　난 1억 원이 든 가방을 그에게 건넸다.

　"아, 아닙니다. 좋은 일을 하는 데 돕는 것으로 충분합니다."

　"제 일을 도와주시는 것만으로도 충분합니다. 그리고 일단 종욱이 형님도 독립운동가의 자손 아닙니까. 그러니 먼저 형님부터 잘사십시오. 그다음에 다른 사람을 도와도 충분합니다."

　"괜찮……!"

난 사양하는 그에게 가방을 억지로 떠넘긴 후 재빨리 차에 올랐다.

"그럼 다음에 뵙겠습니다. 형님, 다음에 볼 땐 동생으로 대해주십시오."

가방을 든 채 어정쩡하게 서 있는 그에게 작별 인사를 하고 바로 출발했다.

"근데 아버지 몸이라 그런가? 에너지가 효율이 너무 좋은데……."

사실 에너지가 거의 떨어질 때가 되었다 생각했었는데 아직 반 이상이나 남아 있었다.

뭐, 그렇다고 해도 아버지 인생을 혼란스럽게 만들 수 없으니 얌전히 원래의 자리에 돌려놓을 생각이었지만 말이다.

따르릉! 따르릉!

2010년대의 휴대용 전화기에 비하면 무기에 가까웠지만 이 시대 부의 상징인, 흔히 카폰이라고 불리는 차량용 전화가 울렸다.

"여보세요?"

받을까 말까 고민하던 난 계속해서 울리는 벨소리에 급한 일인가 싶어 받았다.

─오빠? 나야. 지금 어디야?

'누구지? 어디선가 들어본 음색이긴 한데…….'

퍼뜩 떠오르는 여자가 없어 대충 얼버무려야 했다.

"으, 응. 잠깐 일 보는 중이야."

—그럼 일 끝나고 올 수 있어? 나 오늘 촬영 끝내고 일찍 들어왔는데 너무 우울해.

애간장을 녹이는 듯한 목소리에 연예인이라는 힌트가 더해지자 전화한 이가 누구인지 알 수 있었다.

'고모!'

배우이자 의고모인 신지영이었다.

—…많이 바쁘면 어쩔 수 없고. 오빠가 좋아하는 이동 막걸리도 준비해 뒀는데.

내가 말이 없자 한마디를 더 했는데, 나이 든 고모의 얼굴만 알고 있는 나조차도 심장이 떨릴 정도였다.

'아버지와 아무 관계가 아니라고 했는데, 정말 그랬다면 아버지의 정신력은 돌부처 수준이 분명해.'

아버지 기억을 읽어볼 수도 있었지만 빙의를 계획할 때부터 그럴 생각은 전혀 없었다. 내가 아버지라고 생각하는 이에 대한 최소한의 예의였다.

"일단 일 끝나면 전화할게."

—알았어. 그럼 기다릴게. 근데 오빠.

"응?"

—은이는 잘 지내고 있을까? 그 어린 것이……. 너무 보고 싶다.

'은이?'

말하는 투를 봐선 딸을 말하는 것 같은데 고모에게 딸이 있는 줄 몰랐다.

혹시 배다른 동생이 아닐까 했지만 곧 고개를 저었다. 아마 있었다면 아버지가 유언으로라도 동생을 부탁했을 것이 분명했다.

"그렇겠지. 금방 다시 전화할게. 그럼."

더 이상 두 사람의 일에 관여하기 싫었기 때문에 난 전화를 끊고 한시라도 빨리 돌아가야 한다는 생각에 액셀을 밟았다.

"형님, 다녀오셨습니까?"

들어가자 웃통을 까고 운동을 하고 있던 아버지의 수하가 꾸벅 인사를 했다.

"그래. 너한테 부탁 하나만 하자."

"부탁이라뇨. 말씀하십시오!"

"다름이 아니라 내가 방에 들어가면 5분 내로 들어와서 여동생한테 꼭 전화하라고 전해줘라."

"네?"

"내가 조금 이상할지 모르지만 신경 쓰지 말고 꼭 그렇게 전해줘."

"예, 그렇게 하겠습니다."

난 다시 한 번 당부를 하고 아버지의 방으로 들어왔다. 그리고 재빨리 옷을 벗어던지고 침대에 누웠다.

'딱히 큰 변화는 없어야 할 텐데…….'

아버지의 인생에 큰 변화가 없기를 바라며 난 남아 있는 염의 에너지를 소멸시켰다.

*   *   *

아버지의 몸에 빙의를 하고 있는 동안 현실의 난 촬영장에 있었다.

두 개의 시선으로 동시에 움직이자니 많이 헷갈리긴 했지만 다행히 이동하거나 대기할 때를 이용해 두 곳의 일을 조화롭게 이어갈 수 있었다.

아버지의 몸에서 염의 에너지를 소멸시킬 때 난 신유리와 연기를 하고 있었다. 그리고 이때 과거의 변화가 현실에 적용되기 시작했다.

일부 기억이 바뀌면서 환경도 바뀌었다.

"내가 당신을 얼마나 연모하는지 당신은 모를……!"

신유리의 어깨를 잡고 대사를 말하고 있었는데, 서서히 다른 여자로 변해갔다.

키와 얼굴은 작아지고, 어깨는 좁아지며 얼굴 생김새는 오밀조밀해졌다. 그 모습에 놀라 대사를 놓쳤다.

"…죄송합니다."

"컷! 철이 네가 웬일로 실수를 다 하냐? 설마 진짜로 미연 씨에게 빠진 거냐?"

하하하하! 호호호호!

담당 PD는 농담으로 내 실수를 넘겼다.

시청률이 회를 거듭할수록 높아지고 있었기에 촬영장 분위기는 무척이나 화기애애한 상태였다. 웬만한 실수는 지금처럼 그냥 웃으며 넘어가는 분위기였다.

"자, 다시 가보자."

PD의 말에 다시 촬영은 재개되었고, 두 번의 NG는 없었다.

"잘했어! 스튜디오 촬영 있는 사람들은 스튜디오로, 야외 촬영이 계속인 사람은 몸 좀 녹이고 다시 시작하겠습니다."

난 스튜디오 촬영이었기에 인사를 하고 바로 차로 향했다.

"히히히히! 큭큭큭!"

차에 가까이 가자 석두의 웃는 소리가 들려왔다. 간만에 웃음을 되찾은 것 같아 내가 시킨 일을 하지 않은 것에 대해선 묻어두기로 하고 차에 올랐다.

"끝나셨어요, 형님?"

"스튜디오 촬영 남았으니 일산으로 가면 돼. 근데 뭐가 그리 즐겁냐?"

"인터넷 방송 보고 있었습니다. 하하하!"

"재미있냐?"

"예, 형님도 보실래요? 보다가 마음에 들면 별사탕이라는 걸 줄 수 있습니다."

"별사탕?"

"개당 100원짜리 아이템인데, 보통 100개씩, 많게는 1,000개씩 BJ에게 주죠. 형님이 방송을 하면서 출연료 받는 것과 비슷하다고 보시면 돼요. 웬만한 회사 다니는 사람보다 많이 버는 BJ도 많아요."

"그러냐?"

관심이 없었지만 열성적으로 설명하는 석두를 봐서라도 잠깐 봐야 했다.

가슴이 도드라지는 옷을 입은 채 치킨을 먹으며 이런저런 얘기를 하고 있다.

"재미있죠?"

내 취향은 아니었다.

"그럭저럭."

"형님이 보기에는 어떠세요?"

"뭐가?"

"우리 땡이, 연예인 할 만하지 않아요?"

"…이 BJ 이름이 땡이냐?"

"예, 연예인 지망생인데, 지금 아르바이트 겸 해서 하고 있대요. 제가 보기엔 노래도 잘하고 연기력도 괜찮은 것 같은데……. 이민기 상무님한테 말해서 한번 테스트나 받아보라고 할까요?"

내 생각은 전혀 달랐지만 아까 보면서 석두가 적은 글을 흘낏 봤는데 연예기획사 관계자라며 꽤나 관심을 받고 있는 모양이다.

"말해둘 테니 테스트나 한번 받아보라고 해라."

"정말요? 감사합니다, 형님!"

"참, 그리고 이제부터 네 공식 직함은 이사다. 그러니 혹시 추천하고 싶은 사람이 있으면 이민기 상무에게 당당하게 말해라. 물론 막무가내로 하는 건 곤란하지만 말이야."

"혀, 형님!"

"아예 캐스팅 팀장을 맡는 것도 나쁘지 않겠지. 매니저는 따로 구할 테니 본격적으로 해보든가."

내가 빙의하기 전의 김철도 그랬지만 나 역시 석두를 매니저로 내버려 둘 생각은 없었다. 일을 적당히 배우면 관리자로 키울 작정이었다.

다만 생각보다 빠르게 결정한 이유는 석두가 계속 매니저 일은 본다면 내가 미칠 것 같아서였다.

마카오 촬영 이후 무슨 생각을 하는지 시킨 일을 돌아서면 잊어버리고 오히려 내가 그를 챙겨야 하는 형편이다.

"근데 저 없이 괜찮으시겠어요?"

"…버틸 수 있다. 그리고 언제까지 널 매니저로 붙잡아두는 건 아니라고 생각한다."

"핫핫핫! 이제야 저의 진가를 알아보시는군요. 제가 열심히 해서 우리 회사를 다섯 손가락 안에 들도록 만들겠습니다."

"…제발 그래 주라. 그리고 촬영장에 가야 하는데 이제 출발해야 하지 않겠냐?"

"핫핫핫! 맡겨만 주십시오."

웃음소리가 거슬렸지만 무시하고 눈을 감았다.

이제부터는 바뀐 과거를 정리할 시간이었다.

'후후! 역시나 민종수에 대한 과거는 깡그리 사라져 버렸군.'

민종수는 류성은의 약혼자가 아니었고, 미향 투자건설도
들은 적이 없는 걸 보니 그리 큰 회사는 아닌 모양이다.

신유리 또한 기억 속에서 사라졌는데, 드라마에서는 물론
영화 대도에서도 사라진 상태였다.

'그럼 민종수에 대해 처음부터 다시 알아봐야 한다는 말인
데… 크! 또다시 심부름센터를 이용해야겠군.'

뭔가 같은 일을 반복적으로 하는 느낌이 들었지만 이번이
마지막이 되게 할 생각이다.

민종수의 일 외에도 바뀐 부분이 있는지 꼼꼼히 살폈다. 조
금 바뀐 부분이 있긴 했지만 크게 변한 것은 없는 것 같았다.

'그나저나 과거의 기억이 점점 많아지니 슬슬 헷갈리네.'

인생을 바꾼 부작용일지도 몰랐다.

제7장

휴식

　기억을 정리하다 보니 차는 어느새 스튜디오 가까이에 와 있었다.

　"꺄아! 철이 오빠다!"

　입구에서 들어가려고 차의 속도를 줄일 때, 갑자기 차로 여학생들이 달려들며 소리쳤다.

　"석두야, 애들 다치겠다. 속도 줄여라."

　"더 줄이면 형님 어제처럼 못 들어가십니다. 애들도 아마 그걸 노리고 달려드는 겁니다."

　드라마 '호수의 비친 달'이 폭발적인 인기를 끌면서 드라마 속에서 다소 냉정하면서도 지고지순한 사랑을 하는 내 인기

역시 덩달아 올라갔다.

문제는 나도 석두도 이런 일에 경험이 없다 보니 대처 방법을 모른다는 것이다.

"됐다. 누가 다치는 것보단 조금 귀찮은 게 낫다."

힘들고 귀찮았지만 얼굴 한번 보겠다고 저렇게 고함을 치며—날 기다린 건지는 알 수 없지만—따라오는 이들을 무시할 순 없었다.

결국 차를 세우고 문을 열렸다.

"안녕! 혹시 사인 받으려고 온 거면 순서대로 줄을 서줘. 촬영 때문에 오래 있지는 못하거든."

비명 같은 함성 소리도 잠시, 차 앞에 긴 줄이 생겼다.

"이름이 뭐니?"

"재희요. 성재희."

"상당히 춥겠네. 음악 방송 왔니?"

"아뇨, 여기서 대기하면 오빠를 볼 수 있다고 해서 왔어요."

"고맙긴 한데 날씨 풀리면 다니든가 해. 참, 그리고 한동안 스튜디오에는 안 온다는 것도 알아둬."

"헤헤! 오빠 스케줄은 다 꿰고 있어요. 내일은 수원에서 촬영하죠? 내일 찾아갈게요."

"…그, 그래."

내 말을 귓등으로 듣는데 뭐라고 할 수가 없었다. 그저 마음속으로 사고가 나지 않길 바라며 사인을 해줬다.

"형님, 지금 들어가야 합니다. 안 그럼 늦습니다."

한참 사인을 하고 있은데 석두가 조급한 목소리로 말했다.

"이제 몇 명 안 남았다."

사인을 해둔 사인지에 이름과 날짜만 적어서 주고 있었음에도 시간은 꽤 걸렸다. 그나마 다행인 것은 더 이상 줄이 늘어나지 않는다는 것이었다.

"어? 오빠, 기사 떴어요."

마지막 차례인 소녀가 자신의 차례가 되었음에도 스마트폰에서 눈을 떼지 않고 있다가 놀란 얼굴이 되어 말했다.

"며칠 전에 인터뷰한 기사인가?"

"그게 아니라 최정연이랑 열애설인데요. 오빠, 이 기사 진짜예요?"

"열애설? 잠깐만……."

난 여자애의 스마트폰을 낚아채 기사를 읽었다.

가볍게 포옹을 하고 있는 사진과 함께 열애를 하고 있다는 기사였다.

최정연은 입버릇처럼 길거리에서 진한 키스를 해도 열애설 기사가 나지 않을 거라 자신했는데, 그 자신감이 무너지는 순간이었다.

기사 내용이 사실이냐고 묻는 팬들이 서서히 생기기 시작했고, 난 모호한 말로 대답을 한 후 서둘러 자리를 마무리했다.

그리고 바로 최정연에게 전화를 걸었다.

─기사 봤구나?

"응, 어쩔 생각이야?"

최정연이 나를 조금 특별하게 생각하고 있다는 걸 알고 있고, 그녀 같은 여자를 만나기도 쉽지 않다는 걸 알기에 사귄다고 인정하자고 해도 난 기꺼이 그렇게 할 생각이다.

한데 뜻밖의 말이 그녀에게서 나왔다.

─막으려 했는데 정치권에서 덮고 싶은 게 있는 모양이야. 그러니까 그저 친한 친구 사이인 걸로 발표하자. 조용해지면 연락할게. 괜찮지?

"으, 응."

─그럼 잘 지내.

"…너도."

전화를 끊고 잠시 동안 할 말을 잃었다.

민종수의 과거가 바뀌면서 최정연과, 류성은과의 만남에도 조금 변화가 있었는데, 그 변화가 최정연의 감정에도 영향을 미친 모양이다.

'아쉽긴 한데 오히려 잘된 일일지도……'

한편으론 최정연 같은 여자를 다시 만날 수 있을까 싶어 다소 씁쓸했고, 다른 한편으론 자유로워져 민종수를 파멸시키는 데 집중할 수 있어서 잘됐다는 생각이 들었다.

"그나저나 사법시험 보라는 약속은 왜 계속 남아 있는 건데? 쩝!"

없어졌으면 하는 건 남아 있고, 정작 계속되었으면 하는 것은 사라진 하루였다.

*　　　*　　　*

—사장님, 최정연 씨랑 스캔들 기사 떴는데 어떻게 대처할까요?

이민기 상무가 다소 급한 목소리로 전화를 했다.

"친구 사이 그 이상도 이하도 아닙니다."

—…그쪽과 얘기는 되셨습니까? 저희가 친구라고 했는데 저쪽에서 연인이라고 하면 정말 큰일입니다.

"얘기는 다 됐으니 걱정 마세요. 그리고 내일부터 석훈이가 캐스팅 팀장을 맡게 될 겁니다."

—음, 사장님 스캔들 소식보다 더 놀랄 소식이군요.

"놀랄 만큼 많이 부족하죠. 그리고 종종 개인적인 일과 공무를 구분 못할 수도 있을 겁니다. 공부시킨다고 생각하고 상무님께서 잘 가르쳐 주십시오."

—혹을 떼려다 더 큰 혹을 달게 된 것 같군요.

"하하, 부탁드립니다."

—사장님께서 그리 말씀하신다면 해보도록 하죠. 그리고 스캔들은 '친구 사이'로 발표하도록 하겠습니다.

이민기 상무는 석두의 일에 싫은 내색을 숨기지 않았다. 다만 여지민이 성공한 다음부터 내 말을 꽤 신뢰하는 듯 보였다.

"너, 최정연이랑 진짜 사귀는 거냐?"

"아뇨. 친구입니다."

―김철 씨, 나 신문석 기자입니다. 최정연 씨랑…….

"친구 사이입니다."

보는 사람마다, 아는 사람마다 전화를 걸어 물어오는데 정신이 없을 정도이다.

전화기를 껐다. 그리고 A4용지에 '최정연과 친구 사이입니다'라는 글을 적어 가슴팍에 붙여놓았다.

그럼에도 불구하고 말을 걸어오는 사람이 있었다.

호수의 비친 달의 작가였다.

"김철, 너……."

"친구 사입니다."

"큭큭! 앞에 붙여둔 글을 보면 내 심기를 충분히 알 것 같은데 설마 내가 그걸 묻겠니?"

"그럼요?"

"부탁할 것이 있어서."

"누나 부탁이라면 뭐든지 들어드려야죠."

작가 배영희는 여지민의 은인임과 동시에 회사의 은인이나 다름없었다.

"아파트라도 한 채 사드려요?"

"됐네요. 지난번 가방도 알고 보니 엄청 비싼 거드만. 나한테 그리 퍼주는 이유가 OST 때문이라면 이젠 안 줘도 되거든."

"그 애한테 얼마나 큰일인지 누나는 모를 거예요."

"노래가 좋아서 선택한 건데, 뭐. 어쨌든 내가 할 말은 종합편성 채널에서 드라마를 찍을 것 같은데 여지민을 여주인공으로 했으면 해. 네 생각은 어때?"

"제가 볼 때 연기는 별로던데요."

"처음부터 잘하는 사람이 어디 있어? 그리고 아직까지 기간이 많이 남아 있으니까 생각해 봐."

"일단 하는 걸로 해주세요."

여지민의 경우 과거 가수로 뜬 후 몇년 동안 드라마에 출연한 적이 없었다. 즉 그 말은 드라마에 출연하게 되면 미래가 어떻게 바뀌게 될지 모른다는 것이다.

'나를 만나면서 변해 버렸는데 굳이 과거를 따라 할 이유가 없지.'

무엇보다도 은혜든 원한이든 받았으면 갚아야 한다는 것이 내 지론이다.

"알았어. 그럼 그렇게 알고 있을게. 한데 말이야, 정말 최정연하고 사귀는 거 아냐?"

"……."

하여간 남의 연애사에 왜 이리들 관심이 많은 건지 모르겠다.

　　　　　*　　　　　*　　　　　*

　　나와 최정연의 열애 기사 이후로 마약, 군대 문제 등 연예인 관련 사건들이 쉴 새 없이 터져 나왔다.

　　나의 존재에 대해 감추려고 발버둥 치는 권력자들의 모습에 아버지에게 빙의해 만든 독립운동가 지원 재단과 민종수에 대해 알아보면서 촬영에만 집중했다.

　　앞으론 감추고 뒤로 엄청난 조사를 하고 있을 게 빤한데 움직이는 것은 어리석은 짓이었다. 폭우엔 잠시 비를 피하는 것도 요령이었다.

　　각설하고, 독립운동가 지원 재단인 '우당'을 실질적으로 이끌고 있는 허종욱은 꽤 믿을 만한 사람이었다.

　　그날 이후로 내가 지시한 대로 우당을 재단화하고 꾸준히 독립운동가와 그 자손들을 지원하고 있었다.

　　다만 융통성이 없는 것이 조금 문제였는데, 재단의 규모가 내가 처음 건물을 사둔 그대로 있는 것이다. 즉 재단에서 나오는 이익금 모두를 지원금으로 썼다는 얘기였다.

　　물론 이익금 전부를 지원금으로 쓴 것은 잘한 일이다. 그러나 현재에 더 많은 지원금을 주기 위해선 아껴둘 필요가 있었다.

　　다음 과거로 갈 땐 꼭 50퍼센트만 쓰고 나머진 건물을 사두라고 말할 생각이다.

'그나저나 민종수, 이 인간이 엔터테인먼트 회사를 운영하고 있을 줄이야.'

난 민종수보다 잘 알고 있는 신유리를 조사했고, 내 예상대로 그녀가 속한 연예기획사의 대표가 민종수였다.

운명처럼 기획사 대표와 대표로 만나게 된 것이다.

물론 과거를 만족스럽게 바꿀 때까진 그대로 둘 생각이다. 반복은 이제 그만할 생각이다.

"철아, 도착했다."

새롭게 내 매니저가 된 석도민은 30대 초반으로 이민기 상무가 스카우트해 온 사람이었는데, 9년째 매니저를 하고 있는 베테랑이었다.

그와 일을 하면서 같이 따라만 다니는 게 매니저가 해야할 일이 아니라는 것을 알게 되었고, 진정한 매니저와 일을 하면 얼마나 편한지 알게 되었다.

"고생하셨어요, 형. 오늘 술 한잔할 수도 있으니 먼저 들어가세요."

"됐다. 나 신경 쓰지 말고 천천히 운동해라. 다 끝나면 전화하고."

단점이라면 개인적인 시간은 가질 수 없을 정도로 꼭 붙어있다는 것이다.

"식사 꼭 챙겨 드세요."

"걱정 마라. 먹는 건 내가 알아서 챙긴다."

"그럼 그러세요. 저녁 맛있게 드세요."

가란다고 갈 사람이 아님을 알기에 더 이상 권하기를 포기하고 차에서 내렸다.

한 주 남은 드라마 촬영이 끝나면서 할 일이 없어졌다. 그래서 그 공백을 운동으로 메울 생각이다.

"안녕하세요!"

벼룩도 낯짝이 있는 법이라고 정희철에게 며칠 그라운드 기술을 배우고 그 뒤론 오지 않았기에 큰 소리로 인사를 했다.

"오! 어서 와라. TV 잘 보고 있다."

"드라마와 영화 찍느라고 좀 바빴습니다. 이제야 좀 여유가 생겨서 왔습니다."

"드라마 시청률을 보면 네가 바쁘다는 걸 모르는 사람이 얼마나 되겠냐. 하하하! 그리고 내가 언제든 오라고 했잖아. 개의치 마라."

정희철은 오랜만에 온 내가 아무렇지도 않은 듯 반갑게 맞이해 줬다.

"일단 관장님께 인사부터 드리자. 그런 다음에 다른 사람들도 소개시켜 줄게."

관장이라고 해서 나이가 많을 거라 생각했는데 30대 중반쯤 되어 보이는 젊은 사람이었다.

"조진호요. 희철이한테 듣기론 굉장한 실력이라고 들었는데 오늘에야 보는군요."

"김철입니다. 선수들 운동하는 데 방해가 되지 않을까 걱정이군요."

"한두 가지 규칙만 지켜준다면 언제든 편안하게 운동하러 와도 좋습니다. 그럼 일단 적당히 몸을 푼 후에 어느 정도 실력이 되는지 봅시다. 괜찮겠죠?"

조진호의 통보하듯 하는 말에 운동을 하러 온 난 얌전히 따를 수밖에 없었다.

"도경환이랑 운세진은 아니까 넘어가고, 다른 사람들은……."

내가 아는 세 사람을 포함해 모두 여덟 명. 체육관 넓이에 비하면 꽤 적은 인원이 운동 중이었다.

"철이 몸 풀고 나면 관장님이 실력 좀 보자는데 간단히 스파링 할 사람?"

"제가 할게요!"

도경환이 말이 떨어지기가 무섭게 손을 들었다.

"넌 안 돼. 시합 끝난 지 얼마나 됐다고."

"몸을 푼다 생각하고 가볍게 하겠습니다."

"잘도 그러겠다. 앞으로 자주 온다니까 정상적일 때 하는 걸로 해. 경환이랑 세진이는 붙어봤으니까 다른 사람이 했으면 하는데……."

"내가 할게."

소개 받을 때 현재 UFC 15위에 랭크되어 있다는 강형식이 말했다.

"형이요?"

"네가 하도 자랑을 해서 얼마나 하는지 한번 보려고 하는데? 왜, 나도 안 돼?"

"그, 그럴 리가요. 형이 하는 게 오히려 다치지 않고 좋겠죠."

"실력이 된다면 다칠 일은 없겠지."

소개 받을 때 무뚝뚝하게 대답하기에 성격인가 싶었는데 말하는 것을 보니 나에게 약간의 불만이 있는 모양이다.

'세계적인 선수는 어떤가 보는 것도 나쁘지는 않겠지.'

매번 목숨을 걸고 일을 하는데 강형식의 도발 정도에 눈 깜짝할 리 없었다.

웬만해서 운동과 호흡법을 빼먹은 적이 없기에 몸을 푸는 데 그리 오래 걸리지 않았다.

몸이 적당히 땀이 났을 때 강형식에게 말했다.

"다 됐습니다."

"평소에 운동을 꽤 했나 보네?"

내 몸을 흘낏 보더니 근육이 좋다고 격투를 잘하는 것은 아니라는 듯 입꼬리를 올리며 한마디 했다.

'내가 어지간히 마음에 안 드나 보군.'

사람마다 이유 없이 싫은 사람은 있을 수 있다. 그래서 그가 나를 싫어하는 것에는 불만이 없었다.

다만 싫은 내색은 하지 말아야 했다.

하물며 오늘 처음 인사한 사이 아닌가.

'나도 나 싫다는 사람 싫거든. 얼마나 대단한지 한번 보자.'

종합격투기가 직업도 아니고 이긴다고 해서 특별한 이익이 있는 것도 아니기에 가벼운 마음으로 링에 올라갈 생각이었다.

한데 강형식이 속을 긁으니 진심으로 붙고 싶은 생각이 들었다.

BU의 어느 누구도 심각하게 생각하지 않는 연습경기가 시작됐다.

"실력만 보자는 거니까 적당히 해라."

관장이 강형식에게 말했지만 적당히 될 거라고는 생각하지 않았다. 그 역시 뭔가를 보여주겠다는 눈빛을 하고 있었기 때문이다.

"파이트!"

심판인 정희철이 경기 규칙과 주의 사항에 대해 간단히 설명한 후 경기의 시작을 알렸다.

"조심해라."

인사 겸 좋은 경기를 하자는 의미로 가볍게 손을 마주할 때 강형식이 경고를 해왔다.

"훗! 그러죠."

"……."

이왕 제대로 하기로 마음먹은 이상 상대인 강형식도 제대로 하라는 의미에서 약간의 도발을 해주었고, 통했는지 그의 글러브를 낀 손에 힘이 가득 들어갔다.

숙! 쉭!

강형식이 먼저 공격을 시작했다.

왼손으로 번개 같은 잽을 날리고 이어 오른손으로 좌에서 우로 훅이 날렸는데, 어느 영화에서 팔을 열심히 놀리면서 입으로 내는 소리가 아니라고 강조하던 주먹의 바람 소리가 실제로 들려올 정도로 날카롭고 빠른 주먹이었다.

하지만 잽은 오른손으로 툭 치면서 막고 훅은 복싱의 더킹 (Ducking : 주저앉듯이 빠르게 몸을 낮추며 상대의 공격을 피하는 동작)으로 피했다.

이젠 내가 공격할 차례.

한데 섬뜩한 공격이 방어까지 생각한 공격이었다는 듯 이미 완벽한 방어 자세를 취하고 있었다.

'세계 레벨은 다르다는 건가?'

지금까지 싸워본 도경환이나 운세진과는 비교도 안 될 정도로 탄탄한 뭔가가 느껴졌다.

'세계 15위가 이 정도인데 그 위는 얼마나 강하다는 소리야?'

무서운 건 아니었다.

지금까지 유아독존 격으로 살아온 삶에 비로소 상대다운 상대를 만난 것에 대한 호승심이 슬그머니 피어오르고 있었다.

숙! 쉭! 파악!

잽, 훅, 로우킥.

받은 것에 하나를 더해 돌려주었다. 그리고 로우킥은 정확하게 강형식의 안쪽 허벅지에 가서 꽂혔다.

때린 내 발이 아플 정도로 탄탄한 허벅지였다. 그러나 내색을 안 하고 있다 뿐이지 맞고 얼마 되지 않아 시뻘겋게 변하는 것이 무척 아픈 것이 분명했다.

이어 완전히 열 받은 듯한 강형식과 본격적인 격투가 시작됐다.

막아도 막은 손이 아플 정도의 강한 발차기와 주먹이 쉴 새 없이 오갔고, 조금만 빈틈이 보여도 태클에 이은 그라운드 기술이 들어왔다.

'헉헉! 인정할 건 인정해야겠군.'

가까스로 그라운드 기술에서 벗어난 난 재빨리 방어 자세를 잡으며 생각했다.

가급적 단전의 힘을 사용하지 않고 이겨볼 생각이었는데 불가능함을 알게 되었다.

난 지금까지 계속해서 풀어달라고 꿈틀대던 단전의 기운을 풀었다. 단전의 힘 또한 내가 노력해서 얻은 힘이기에 반칙은 아니었다.

기운이 온몸으로 돌기 시작하자 거칠던 숨은 편안해졌고 비명을 질러대며 힘을 잃어가던 근육엔 힘이 돌아왔다.

"충분히 봤으니까 30초만 더 하고 끝내."

"…그럴 수야 없지."

짧은 대치 상황에서 관장이 경기를 끝내라고 말하자 강형식이 눈을 좁히며 낮게 중얼거렸고, 그의 숨소리까지 느끼고 있는 나에겐 똑똑히 들렸다.

30초면 짧은 시간이지만 시합을 마무리하기엔 충분한 시간이었다.

"나 역시!"

화답을 했고, 말이 끝나자마자 그와 난 동시에 움직였다.

혹자는 종합격투기가 다른 격투 스포츠에 비해 위험하지 않다고 말하지만 내가 보기엔 충분히 위험한 운동이었다. 특히 부상의 위험은 상시 존재할 수밖에 없을 정도로 격렬했다.

선수들이 날리는 주먹과 발차기를 막는다고 충격을 다 해소할 수 있는 것이 아니었고, 그라운드 기술은 빨리 항복하지 않으면 아차 하는 순간에 몇 달간 요양해야 할 부상을 입을 수 있었다.

각설하고, 강형식과 몇 번의 주먹다짐이 오갔지만 카운터라고 할 만한 주먹은 없었다.

'아직 끝나지 않았어!'

정희철이 끝내야 할 타이밍을 잡고 있는 걸 보아 이번이 마지막 공격이 될 가능성이 높았다.

강형식도 그걸 느꼈는지 그의 전매특허와 같은 잽에 이은 훅을 날렸다.

지금까지 본 동작 중 가장 묵직하고 날카로웠다.

난 짧은 순간 더킹으로 피하려던 생각을 지우고 살짝 몸을 뒤로 하는 것으로 그의 공격을 피했고, 강형식은 그라운드 기술로 이어가기 위한 좋은 기회라 생각하고 몸을 웅크린 채 파고들었다.

'역시!'

발차기할 기회가 왔다.

노련한 강형식은 왼팔로 언제든지 발차기를 막을 수 있게 머리를 보호하고 있었지만 난 그 팔을 신경 쓰지 않고 그대로 찼다.

퍼억!

살과 살이 부딪치는 둔탁한 소리가 울려 퍼졌다.

강형식은 분명 내 공격을 보고 왼팔로 막았지만 작정하고 찬 발차기를 완전히 막기엔 역부족이었다.

그는 들어오는 자세 그대로 옆으로 주저앉았다.

"멈춰! 멈춰!"

정희철이 소리치며 혹시 이어질지도 모르는 내 공격을 막고자 달려와 강형식을 감쌌다. 그러나 난 이미 발로 전해지는 타격감에 뒤로 물러나 있었다.

"형! 괜찮아요? 형! 형!"

"형식아! 정신 차려!"

정희철뿐만 아니라 모든 사람이 링으로 들어와 강형식을 걱정하며 그의 상태를 살폈다.

'이거, 악당이 된 것 같군.'

그들의 하는 양을 보다가 헤드기어와 글러브를 벗고 링을 벗어나려 할 때였다. 강형식이 자리에서 벌떡 일어나 두리번거리더니 날 보자마자 다시 덤벼들었다.

초점 없는 눈을 보니 경기가 끝난 줄 모르는 모양이다.

난 화들짝 놀라면서 맞서기보단 옥타곤이라 불리는 팔각의 링을 훌쩍 넘어 피해 버렸다.

그는 닭 쫓던 개처럼 그런 날 멍하니 바라보다가 다시 바닥에 쓰러져 버렸다.

'쯧! 미안하게……'

그의 집념에 괜스레 미안해진 난 다른 사람들에게 그를 맡기고 샤워실로 향했다.

난타전으로 인해 후끈거리다 못해 화끈거리는 피부를 진정시킬 필요가 있었다.

시원한 물로 샤워를 하고 나오자 뒤숭숭하던 체육관의 분위기는 어느 정도 정돈되어 있었다.

"관장실로 가봐. 찾으신다."

정희철이 내가 강형식을 이긴 것이 여전히 믿기 않는다는 표정으로 다가와 말했다.

"괜찮습니까?"

"지금 휴게실에서 쉬고 계셔. 그냥 잠깐 뇌가 흔들린 것뿐이야. 종합격투기에선 자주 있는 일이니 너무 신경 쓰지 마."

"알겠습니다. 그럼."

괜히 가봐야 약 올리는 것으로밖에 보이지 않을 테니 난 그의 말처럼 신경을 끄고 관장실로 향했다.

관장 조진호는 담배를 피우고 있다가 내가 들어가자 후다닥 끄며 앞자리에 앉으라고 손짓했다.

"이놈의 담배, 끊기가 참 힘들어."

"괜찮으니 편하게 태우세요."

"그럴 수야 없지. 근데 너, 진짜 배우 맞냐?"

"럭키 편… 발차기였습니다."

"내가 뚱뚱하다고 눈에도 살이 찐 줄 아냐? 배우 하기 전에 어떻게 살았는지 밝히기 싫어서 그런 거라면 이해한다."

"평범한 대학생이었다고 하면 믿지 못하겠군요?"

"너 같으면 믿겠냐? 태권도도 아니고, 킥복싱도 아니고, 중국 무술이냐, 아님 길거리에서 배운 거냐?"

"쩝, 길거리라니… 가전 무술입니다."

"그러냐? 사실 길거리든 어디든 상관없다. 앞으로 꾸준히 운동하러 와라."

솔직히 체육관의 에이스를 깨뜨려 놨으니 잔소리 한마디쯤 들을 각오를 하고 들어왔는데 조진호는 의외의 말을 했다.

"야, 그딴 게 어디 있어? 얕잡아보다 졌든 실력으로 졌든 진 건 진 거야. 아! 잠깐 전화 좀 받고 얘기하자."

내가 생각하던 바를 말하자, 그는 대수롭지 않게 대답하며 걸려온 전화를 받았다.

"네. 사장님께서요? 음, 재윤이는 어떠십니까? 그게 아니라 형식이가 컨디션이 좀 안 좋아서요. 경환이는 아직 컨디션 조절 중이라……."

어디에서 온 전화인지 몰라도 거칠 것이 없어 보이던 조진호가 쩔쩔매고 있었다.

"그러니까 지금 타격계 선수가… 잠, 잠시만요."

그러다가 날 보곤 갑자기 반색을 하며 수화기를 막고 물었다.

"너 혹시 한두 라운드쯤 더 뛸 수 있냐?"

"…헤드기어는 꼭 써야 합니다. 영화 찍을 것이 조금 남아 있거든요."

거절할까 하다가 대화 내용을 들어보니 나 때문에 그렇게 된 것 같아 허락했다.

"헤드기어는 필요 없어. 그저 평범한 대련 정도로 생각하면 될 거야. 그럼 허락한 걸로 알고 말한다."

조진호는 내가 거절할세라 전화기에 대고 새로운 사람을 보내겠다고 말했다.

"아래층으로 내려가면 안내해 주는 사람이 기다리고 있을 거야. 끝나고 내가 소주 한잔 사마. 참, 예의 없게 굴지 마라. 그러지도 못하겠지만."

이해가 되지 않는 말이었지만 물어볼 사이도 없이 등을 떠밀려 내려와야 했다.

"어라? 왜 김철 씨가 내려오세요?"

들어올 때 사인을 부탁하던 안내데스크 직원이 의아해하며 물었다.

"관장님이 아래층에서 해야 할 일이 있다던데요?"

"어머! 김철 씨가 사장님을 상대한다고요?"

"자세히는 모릅니다. 한데 사장님이 어지간히 격투를 좋아하나 보군요?"

BU체육관을 지원하는 것은 물론이고 선수들과 경기를 하는 것을 보면 격투기 마니아가 분명했다.

"그렇죠. 어쨌든 사장님과 대결할 정도라면 김철 씨도 꽤 실력이 좋은가 봐요?"

"어디 가서 맞고 다닐 정도는 아니죠. 하하!"

복도에 서서 멋쩍게 몇 마디 더 주고받고 나서야 직원은 안쪽으로 안내해 주었다.

위층에 있는 체육관도 잘되어 있었지만 아래층에 비하면 부족함이 있었다.

얼핏 보기에도 헬스장, 수련실, 수면실 등 없는 것이 없었다. 다만 규모를 봤을 때 여러 사람이 쓰는 곳이 아닌 개인을 위한 곳처럼 보였다.

"들어가면 사장님이 계실 거예요. 그럼 전 이만."

"고맙습니다. 다음에 제가 커피 쏠게요."

안내해 준 직원에게 감사함을 표한 후 안으로 들어갔다.

위층 체육관에 비하면 꽤 좁지만 방 가운데 링이 설치되어 있는 것을 보아 분명 종합격투기를 위한 체육관이 맞았다. 한데 이상하게 체육관은 여자의 방에 들어갔을 때 나는 특유의 향기로 가득했다.

"……."

그 이유는 링 위에서 몸을 풀고 있는 이를 본 순간 알 수 있었다.

향수 냄새가 풀풀 풍기는 체육관의 주인이 여자였고, 심지어 내가 익히 알고 있는 이였다.

"엥? 니가 여긴 웬일이야?"

상대 또한 날 보고 놀랐는지 스트레칭을 멈추고 내가 묻고 싶던 질문을 먼저 던졌다.

"어쩌다 보니 그렇게 됐어. 한데 류성은… 네가 여기 있을 줄은 꿈에도 생각하지 못했어."

그랬다. 그녀는 류성은이었다.

"내 건물에 내가 있는 게 이상한 건가?"

"창천그룹의 건물이라는 건 알고 있었지만 네 건물인지는 몰랐으니까. 그건 그렇고, 운동을 꽤 오랫동안 했나 봐?"

뜬금없는 만남에 다소 놀라긴 했지만 금세 진정이 되었다. 다만 반바지에 탱크톱을 입고 있어서 훤히 보이는 속살—정확하게는 근육—을 보고 다시 놀랄 수밖에 없었다.

'한두 해 운동한 게 아니군.'

남자들처럼 탄탄해 보이는 근육은 아니었지만 고무처럼 탄력이 있어 보이는 것이 예사롭게 보이지 않았다.

"내 한 몸은 지킬 수 있어야 하니까. 근데 내 물음에 제대로 답해줬으면 좋겠는데?"

새로운 모습에 잠깐 잊고 있었는데, 류성은은 꽤나 깐깐했다. 난 어떻게 이곳까지 왔는지 솔직하게 말해야 했다.

"…네가 강형식 선수를 이겼다고?"

"운이 좋았어."

"강형식 선수는 운만으로 이길 수 있는 상대가 아냐. 여자만 밝히는 줄 알았더니……."

"하여간 너도 너다. 칭찬이야, 욕이야? 그리고 내가 언제 여자만 밝혔다고 그래?"

"정연이랑 헤어지고 며칠 안 돼서 외국인 모델과 만나고 있는 사람이 누구더라?"

"……!"

"내가 뒷조사한 것 아니니까 그런 눈으로 보지 마. 정연이가 술 먹고 중얼거리던 걸 들은 것뿐이니까."

"…헤어지자고 말한 정연이가 뒷조사를 했다고?"

"그야 모르지. 소문으로 들었을 수도."

"뭐, 그건 그렇다고 쳐. 한데 정연이와 헤어진 다음에 여자를 만났는데 문란한 것처럼 말하는 건 너무한다고 생각하지 않아? 버림받은 건 나라고."

"정연이가 헤어지자고 한 거 확실해?"

"정확하게 말하진 않았지만 스캔들 기사가 났을 때 부인하자고 말한 건 정연이었어."

"그게 헤어지자는 말은 아니잖아?"

"헐~ 그럼 그런 상황에서 어떻게 해석해야 하는 거지?"

"너한테는 헤어지자는 말로 들릴 수도 있겠지. 하지만 최소한 정연이가 왜 그런 결정을 내렸는지는 얘기해 봐야 하지 않았을까?"

농담처럼 가볍던 대화가 어느새 뼈를 머금었는지 잔뜩 무거워져 있었다.

최정연이 나와의 스캔들을 부정한 이유가 과거가 바뀌면서 나에 대한 생각이 바뀌어서가 아니라는 말처럼 들렸다. 그럼 특별한 뭔가가 있다는 소린데, 그것이 무엇인지 궁금해졌다.

"왜 그런 결정을 내렸는데?"

"그건 내가 간섭할 부분이 아닌 것 같으니 네가 알아내든지 아님 정연이한테 직접 물어봐."

지금까지 잘도 간섭한 주제에 막상 중요한 얘기에선 정작 꼬리를 내리는 류성은이었다.

'하여간 귀염성이란 전혀 없는 꼬맹이라니까.'

약을 올려서 이유를 알아낼까 싶었지만 류성은의 말처럼 이 일은 나와 최정연의 일이었다.

"내 여자 문제는 내가 알아서 할 일이니 일단 여기로 부른 이유나 들어볼까?"

"연애하자고 부른 건 아냐."

"그 정도는 나도 알거든?"

"다행이네. 별거 없어. 아까 강형식 선수와 대결했을 때처럼 나와 대결해 주면 돼."

"실제로 대결을 하겠다고?"

"응, 물론 경기 규칙은 지켜줬으면 좋겠어. 뭐, 아니라도 상관없고."

"…일단 해보자."

십여 년 전의 꼬맹이가 맞나 싶을 정도로 자신감 넘치는 모습이 농담이 아니었다.

뭐라고 한다 해서 그만둘 여자가 아니었고, 한두 번 있는 일도 아닌 것 같았기에 준비를 하고 링으로 올라갔다.

"몸 좀 데우고 시작하자."

한 지방을 주름잡던 깡패가 고등학생의 칼에 찔려 죽었다는 얘기, 지나가던 양아치에게 집단 구타를 당해 병원 신세를 졌다는 얘기 등 어리다고, 혹은 약하다고 무시하다가 망신을 당해 깡패 생활을 접어야 했던 선배(?)들 얘기를 듣고 살아서인지 류성은이 여자라고 무시하지는 않았다.

정황상 어쩌면 강형식보다 강할지도 모른다는 생각에 그와 대결할 때보다 더 조심스럽게 몸을 풀었다.

"근데 너, 사법시험이 코앞인데 공부는 하고 있는 거야? 설마 점수야 어떻게 됐던 시험만 보려고 하는 건 아니겠지?"

몸이 식지 않게 가볍게 움직이며 기다리던 류성은이 물었다.

순간 뜨끔했다.

사실 처음엔 기억을 더듬으며 공부를 하려고 나름대로 노력했다. 하지만 하는 일이 워낙 많다 보니 지금은 그녀의 말처럼 기억에 의존해 시험만 보고 말자는 생각을 하고 있었다.

"머, 머리를 식히려고 온 것뿐이야."

"그게 아니라 이젠 그냥 있어도 광고가 들어오니 내가 약속한 광고가 필요 없는 거겠지."

어쩜 사람의 마음을 이리도 잘 아는지…….

드라마 호수에 비친 달이 대성공을 하면서 가장 혜택을 보고 있는 건 남자 주연배우였지만 나 역시 그에 못지않게 이익을 보고 있었다.

특히 귀족적인 이미지를 얻게 되면서 유독 광고가 많이 들어오고 있었다.

"그럴 리가! 다다익선이지. 자! 적당히 된 것 같으니까 시작해 볼까?"

난 몸 풀기를 조금 일찍 끝내고 일어났다. 계속 류성은의 말을 듣고 있다간 본래의 힘에 분노의 힘까지 더해질 것 같아서였다.

"말 돌리긴……."

류성은은 단번에 내 의도를 알아챘다. 그러나 대결에 대한 긴장감이 아예 없진 않은지 더 이상의 잔소리 없이 고개를 좌우로 까닥거리며 자세를 잡았다.

"……!"

대결 자세를 취하려던 난 류성은이 취하고 있는 자세를 보고 주먹의 힘을 풀고 그녀를 멍하니 바라볼 수밖에 없었다.

'젠장! 아버지, 가전 무술은 가족 이외에는 전수 금지라고 할아버지에게 못 들으셨어요?'

류성은이 취한 자세는 내가 큰아버지에게 배워 과거로 가서 전한 가전 무술의 준비 자세와 똑같았다.

"왜? 갑자기 화장실이라도 가려고?"

내가 자세를 취하지 않자 류성은이 인상을 찡그리며 비아냥거렸다.

"화장실이 아니라 납골당으로 달려가고 싶다."

"무슨 말이야?"

"내가 잘못 본 건지 몰라도 네가 배운 무술, 바로 이거 아냐?"

난 가전 무술을 펼쳐 보였다.

"……!"

"맞지?"

"네가 어떻게 그 무술을 아는 거지?"

"내가 묻고 싶은 말이다. 이 무술은 우리 집안 가전 무술이야. 내가 볼 때 아버지가 전수한 거 같은데… 네가 어떻게 내 아버지를 아는 거지?"

"무(武) 사범님이 네 아버지라고? …그러고 보니 사범님과 많이 닮았네?"

"아버지 아들이니 당연하지. 한데 무 사범님?"

"응, 처음 내가 납치당했을 때 구해주신 분이 바로 무 사범님… 네 아버지야. 그리고 그 후로 몰래 나를 찾아와 무술을 가르쳐 주셨어. 워낙 자신을 숨기는 분이라 지금까지도 누구인지 몰랐는데, 설마 네 아버지일 줄이야… 잘됐다, 안 그래도 사범님을 뵙고 싶었는데. 건강히 잘 계시지?"

마치 딸이라도 되는 것처럼 반가워하는 모습을 보니 돌아가셨다는 말을 하기가 미안했다.

"작년에 돌아가셨어."

"…마, 말도 안 돼, 어떻게? 그리 강하고 건강하시던 분이 왜?"

"교통사고."

"……."

"누가 보면 아버지의 부고를 모르고 있던 딸인 줄 알겠다. 좋은 곳에 가셨을 테니 너무 슬퍼 마."

눈물까지 뚝뚝 흘리며 슬퍼하는 모습에 농담을 섞어 말했지만 아무런 위로가 되지 않는 모양이다.

류성은은 풀었던 몸이 굳어질 때쯤 슬픔을 털어냈는지 눈물을 멈췄다.

"…어디에 모셨어?"

"서초구에 있는 추모원에."

"성함은?"

"김, 유 자, 성 자."

"김, 유 자, 성 자… 멋진 이름이잖아. 난 또 성함이 너무 이상해서 안 가르쳐 주는 줄 알았는데……."

죽은 아버지와 얘기라도 하는지 뭐라 중얼거리던 류성은은 평소의 표정으로 돌아와 가볍게 몸을 풀었다.

"대련하려고?"

"왜? 문제 있어?"

"…아니."

아버지가 왜 류성은에게 가전 무술을 전수했는지, 두 사람이 무슨 관계인지 등 묻고 싶은 것이 많았다. 그러나 이름도, 돌아가신 것도 모르는 것을 봤을 때 그녀는 나보다 더 모르는 것이 분명했다.

현재 알아볼 수 있는 것은 류성은이 가전 무술을 어디까지 전수를 받았는지 정도.

가전 무술의 위험성(?)을 충분히 알기에 아까보다 더 긴장한 채 싸울 자세를 취했다.

"시작할까?"

심판이 없었기에 묻자 류성은은 고개를 가볍게 끄덕이는 걸로 대답을 대신했다.

'일단 가볍게…….'

잽, 훅, 로우킥을 연계해서 날릴 생각으로 몸을 움직였다. 그러나 연계 동작은 훅에서 끝내야 했다.

류성은의 왼손이 훅을 막았고, 휘익 하는 날카로운 바람 소리와 함께 오른쪽 팔꿈치가 생각한 것보다 빠른 속도로 턱을 노리고 들어왔기 때문이다.

깜짝 놀라 재빨리 고개를 뒤로 빼며 피했지만, 완전히 피하지 못하고 약간 스쳤다.

"……!"

칼로 베일 때의 느낌과 함께 순간 세상이 흔들렸다.

'위험해!'

세상이 흔들리는 게 문제가 아니었다. 뭔가 위험한 것이 옆구리를 향해 다가오고 있었다.

퍼억!

다행히 왼쪽 팔로 막았다.

'몽둥이로 후려친 거냐?'

힘을 주고 막았음에도 왼팔 전체가 마비되는 듯한 느낌이 들었다.

"얕보다간 다쳐."

얕보지 않겠다고 생각했지만 공격을 할 때 전력을 다하지 않았다.

다른 여자들에 비한다면 튼실해 보이는 다리였지만 제대로 차면 부러질 것 같다는 생각이 주춤거리게 만든 것이다.

"…다치는 것이 아니라 죽겠는데? 어쨌든 이젠 제대로 할게."

이번 한 수만으로 그녀의 강함을 알기에 충분했다.

류성은이 여자라는 생각을 버렸다. 그리고 단전의 힘마저 풀었다.

두 번째 접전이 시작됐다.

적당히 긴장하고 있어서인지 더 이상 어이없는 상황은 일어나지 않았다.

다만 지루한 공방이 이어졌다.

'도무지 빈틈이 없군.'

류성은이 흘리는 방법으로 내 공격을 막는 걸 봐선 신체적으론 분명 내가 유리했다. 그러나 무술의 활용에 있어서는 류성은이 더 나았다.

'적어도 내가 5년 이상 먼저 수련했는데…….'

규칙이 없는 싸움이라면 내가 유리할 것이라고 생각해 보지만 전혀 위로가 되지 않았다.

"헛!"

잠시 딴생각을 하는 사이 류성은이 그라운드 기술을 걸어왔다.

걸리지 않기 위해 안간힘을 쓰는 나와 필승 기술을 걸려는 류성은. 가슴이 팔에 닿고 허벅지 사이에 머리가 끼는 상황임에도 부끄러움 따위를 생각할 여유가 없었다.

하지만 누가 남자 아니랄까 봐 대치 상황이 계속되자 슬그머니 이상한 생각이 들었다.

'남녀가 같이 하기엔 역시 무리……!'

순간적으로 집중력과 힘(?)이 아래로 몰렸고, 그 찰나를 류성은은 놓치지 않았다.

탄탄하면서도 부드러운 허벅지 사이가 목으로 파고들었다.

'풀 수 있을까?'

온 힘을 다해 풀기를 노력해 보지만 완벽하게 걸렸는지 움쩍달싹도 할 수가 없었다.

'항복을⋯⋯.'

포기가 늦었다. 손으로 항복을 표시하기 전에 난 정신을 잃었다.

제8장

과거를 기억하는 자

"아하아아~ 함."

본래의 이름보다 별명인 석두로 불리는 것이 이제는 더 자연스러운 석훈은 지나가는 사람들이 훤히 보이는 커피숍 창가에 앉아 긴 하품을 했다.

따뜻한 봄날, 점심 겸 빵을 먹었더니 눈꺼풀이 절로 무거워졌다.

"쩝쩝! 낮이라서 그런가? 미남 미녀들이 발에 차인다고 해서 왔더니만 어떻게 된 게 여기도 서울처럼 죄다 찍어낸 얼굴이냐? 밤에 다시 와야 하나?"

혼잣말을 중얼거리며 다시 집중해 지나가는 이들을 바라보지만 딱히 명함을 건넬 만한 사람은 보이지 않았다.

"으갸갸갸갸!"

석훈은 요란스럽게 기지개를 켠 후 자리에서 일어나 커피를 리필하러 갔다.

지금까지 딱히 누군가를 발굴한 적은 없지만 캐스팅 디렉터라는 직함에 꽤 만족해하고 있는 석두였기에 저녁까지 계속 있어볼 생각이다.

'이민기 상무는 너무 깐깐해.'

지난 몇 달 동안 적지 않은 이들을 데리고 가서 면접을 봤지만 지금까지 오케이 사인을 받은 적이 한 번도 없었다.

처음에 데려간 인터넷 방송 BJ에 대해서는 실수했다는 것을 인정한다. 약속 장소에서 만났을 때 선명하지 않은 화면으로 보는 것과 실제로 보는 것이 많이 다르다는 것을 알게 되었으니 말이다.

물론 그 이후로도 많은 실수를 했다. 하지만 그렇다고 해도 두세 명은 왜 퇴짜를 놨는지 아직까지도 이해할 수 없었다.

'내가 캐스팅을 맡았다는 것이 싫어서 그런 건지도 모르지.'

성격 같아선 건물 옥상으로 데려가 쓴맛이라도 보여주고 싶었지만 그보단 정말 괜찮은 연예인 감을 데리고 가서 코를 납작하게 해주고 싶었다.

'그 인간이 마음에 들어 하는 사람이 있기나 한 건지 모르겠지만……. 그나저나 형님은 시험 잘 보고 계시려나? 요즘은

도통 형님을 이해할 수 없다니까.'

내기 때문에 시험을 보기로 했다는 건 알고 있었지만 정말로 시험장으로 갈 것이라고는 생각을 못했다.

김철의 과거를 알고 있는 그로서는 역사상 가장 낮은 점수를 맞아 신문에 나지 않을까 걱정이었다.

이런저런 생각을 하며 카운터에 이른 석훈은 머그잔을 내밀며 말했다.

"리필 부탁드립니다."

"…네, 손님. 잠시만요."

커피를 내리고 있던 아르바이트생이 돌아보며 말했다. 오전에 보지 못한 여학생이다.

석훈은 순간 '이 사람이다!' 하는 생각이 들었다.

"키가 얼마나 되죠?"

"네? 리필 됐습니다."

아르바이트생은 황당해하면서도 능숙하게 화제를 돌렸다. 그러나 석훈은 싱긋 웃으며 말을 이었다.

이민기 상무에게 어김없이 딱지를 맞았지만 목표한 이를 데려가는 건 실패한 적이 없기 때문이다.

"작업하려는 건 결코 아닙니다. 170? 175?"

"죄송한데 뒤에 손님 계시니 좀 비켜주시겠어요?"

"그러죠. 제 명함입니다."

석훈은 옆으로 비켜서면서 앞면에 직함과 이름이 적혀 있고, 뒤쪽엔 소속 연예인이 나와 있는 명함을 건넸다. 당연히 뒷면이 위로 향하게 한 채였다.

'뭐야? 다른 애들이랑 반응이 다르잖아?'

흘낏 보곤 관심 없다는 듯 테이블 밑으로 내려 버리는 모습이 지금까지 만난 이들과 달랐다.

아무리 관심 없는 척해도 연예기획사 명함을 건네면 조금은 흥분하게 마련인데, 무덤덤하다 못해 싸늘하기까지 했다.

처음 보는 경우였지만 그렇다고 해서 왜 저렇게 싸늘한 표정을 짓는지 모를 정도로 바보는 아니었다.

"연예계에 관심이 없어요?"

"손님, 자꾸 이러시면 매니저를 부르는 수밖에 없습니다."

"혹시 사기당한 적 있어요?"

"…매니저님!"

잠깐 동안 얼굴이 딱딱하게 굳는 것이 사기를 당한 적이 있는 게 분명해 보였다.

"일을 방해할 생각은 없습니다. 일이 끝나고 잠깐만 얘기했으면……."

강경할 땐 한 발 물러나는 것이 좋았다. 그리고 정 싫다고 하면 그땐 포기할 생각이다. 싫다는 사람 데리고 가서 연예인 만들어봐야 소속사의 입장에선 좋은 것이 없었다.

근데 매니저라고 나오는 남자를 본 순간 말을 이을 수 없었다.

험악하게 생겨서 기가 질린 것은 아니다.

키가 컸지만 오히려 병약하다 싶을 정도로 마르고, 연예인을 해도 될 정도로 잘생긴 얼굴이었다.

다만 그에게 아픔을 준 누군가와 무척 닮아 있었다.

'씨발, 세상에 닮은 사람이 있다고 했더니만 하필이면 이곳에서 만날 줄이야!'

특히 어리둥절해하면서도 자신을 보고 긴장한 표정을 짓는 것이 죽은 줄 알았던 자신이 나타났을 때 놀라던 그녀, 아니, 정확하겐 그놈, 엔젤리카의 그것과 닮아 있었다.

두 번 다시 생각하기 싫은 그날의 일이 생각났다.

김철의 명령으로 자신을 사로잡은 두목을 반쯤 걸레로 만들어놓고 일부러 피도 씻지 않고 엔젤리카를 찾아갔었다.

또 다른 희생양을 만들기 위해서 화장을 하던 그녀(?)는 잠시 어떻게 해야 할지 모르는 표정을 짓다가 울면서 용서를 구했다.

자신은 미성년자이고, 여자가 될 돈을 마련하기 위해 마카오에 왔다가 흑사회에 잡혀 어쩔 수 없이 일을 하게 되었다고 말하는 모습에 한편으론 사랑했던 여자가 남자였다는 사실에 망연자실할 수밖에 없었다.

가엽다는 생각도 들었지만 그렇다고 해서 그녀(?)가 자신을 죽이려는 데 공모했다는 사실이 바뀌는 건 아니었다.

희생양이었다는 생각에 목숨을 빼앗지는 않았지만 저지른

일에 대한 대가는 줘야 했다.

'젠장! 이제 제발 기억에서 사라져 주라!'

엔젤리카 때문에 한국에 돌아와서도 한동안 꽤나 심란했다.

한편으론 사랑하던 이에게 손을 댔다는 것이 마음에 걸렸고, 다른 한편으론 그 사랑하던 이가 남자였다는 것에 소름이 돋기도 했다.

시간을 들여 잊은 일이 다시 떠오르는 것은 결코 바라는 일이 아니었다.

"손님, 무슨 일 때문에 그러는지 저에게 말해주시겠습니까?"

매니저의 말에 상념에서 깨어난 석훈은 그에게 명함을 건네며 말했다.

"KC엔터테인먼트의 캐스팅 디렉터로 일하고 있는 장석훈입니다. 저쪽 직원 분이 제가 찾는 사람 같아서 카메라 테스트를 받아볼 생각이 없느냐고 말하고 있었습니다."

"그렇습니까? 하지만 본인이 싫다는데 권하는 것은 아니라고 보는데요."

"그야 그렇죠. 한데 매니저님은 몇 살입니까?"

"네에? 그게 무슨……."

"스타일이 꽤 괜찮은 것 같은데 카메라 테스트를 받아볼 의향은 없습니까?"

엔젤리카를 닮았다는 것은 마음에 들지 않았지만 캐스팅 디렉터의 입장으로서는 충분히 가능성이 있는 얼굴이었다.

　　　　*　　　　*　　　　*

　4월, 사법시험도 끝이 나고 영화 촬영도 마무리되면서 한가
해졌다.

　간혹 광고를 찍거나 인터뷰를 하는 것을 제외하곤 회사 일
에 전념하고 있었다.

　"누구한테 맞았습니까? 무슨 운동을 그렇게 살벌하게 하십
니까?"

　캐스팅 디렉터라는 직함이 마음에 들었는지 휴일에도 전국
이 좁다 하고 빨빨거리고 돌아다니던 석두가 노크 없이 들어
오며 물었다.

　"…누가 맞고 다닌다고……. 한동안 운동을 게을리했더니
살이 좀 쪄서 하는 것뿐이야."

　"엥? 그리 정색하는 것을 보니 진짜 맞았나 보네요? 세상에
누가 형님을……."

　"아니라니까!"

　정곡을 찔린 난 소리를 빽 질렀다.

　"…노, 농담입니다. 형님답지 않게 왜 그리 발끈하세요? 그
나저나 지금 시간 좀 되세요?"

　눈치 빠른 석두는 재빨리 화제를 돌렸고, 난 스스로 참 못
났다는 생각을 하며 흥분한 마음을 가라앉혔다.

"지금은 딱히 할 일은 없는데 왜?"

밤엔 오랜만에 염의 에너지를 채우기 위해 움직일 생각이다.

"그럼 오늘 지망생 면접 있는데 참가해 주십시오."

"이민기 상무 어디 갔어?"

"아뇨, 같이 자리해 달라는 겁니다. 지금까지와는 달리 정말 괜찮은 애들로 데려왔거든요."

"그래?"

석두의 마음을 알 만했다. 이민기 상무가 자신이 선별해 온 사람들을 개인적인 감정으로 탈락시킨다고 생각하고 있는 게 분명했다.

이런 상황에서 내가 그럴 리가 없다고 말한다고 해서 석두가 과연 납득할 수 있을까?

아닐 것이다.

"석두, 네가 그리 자신하니 그래볼까? 언제부터냐?"

"지금 준비 중이니 30분 뒤에 2층으로 내려오면 됩니다."

"명단은 회사 네트워크에 있나? 아! 여기 있다. 모두 다섯 명이네?"

지원자들 서류는 처음에 비하면 이젠 제법 격식을 갖추고 있어 서류만으로도 대충 파악할 수 있을 정도였다.

"다들 괜찮네. 근데 여기 키가 크고 마른 사내는 어디선가 본 듯한 얼굴인데……."

"…차, 착각이겠죠. 잘생긴 친구들은 비슷비슷하게 생겼잖아요."

"그런가?"

요즘은 남자들도 성형을 하다 보니 비슷비슷한 얼굴이 많았기에 그런가 보다 하고 넘어갔다.

"안녕하십니까? 엄상국입니다."

한데 막상 실물로 보고 그의 이름을 듣자 저편에 있던 기억이 떠올랐다.

엄상국의 기억이 아닌 바로 그의 아내—멀지 않은 미래에 자살하게 되는—의 기억이었다.

"얼굴에 비해 꽤 괜찮은데요. 연기력도 좋고요."

엄상국의 연기를 보며 이민기 상무가 낮은 목소리로 중얼거렸다.

'고등학교 때부터 연극판에서 살았으니 좋을 수밖에 없지. 게다가 연기력 하나로 TV와 영화계를 주름잡게 되는 인물이니 말해봐야 입만 아프지.'

장기 계약을 하면 무조건 이득인 인물이었다. 연예계에 들어오기 위해 총각 행세를 하는 것도, 바람이 난 것도 사실 나랑은 전혀 문제가 없었다.

다만 피해자라고 할 수 있는 그의 처의 기억을 가지고 있다 보니 별로 마음에 내키지 않았다.

"사장님, 질문 없으세요?"

"네? 아, 네."

이민기 상무의 말에 그의 연기가 모두 끝났다는 걸 알게 되었다.

난 엄상국의 처의 감정을 가라앉혔다. 그리고 잔뜩 긴장한 채 나를 바라보고 있는 그를 보며 생각을 정리하고 입을 열었다.

"혹시 자기소개서에 적지 않은 것이 있지 않습니까?"

"네? 그게 무슨 말씀이신지······."

"솔직히 엄상국 씨가 마음에 듭니다. 하지만 전 소속 연예인에 대해 모르는 것이 없었으면 합니다. 그래서 여기 적힌 것이 전부인지를 묻는 겁니다."

나름대로의 시험이었다. 만일 그가 진실을 말하지 않는다면 아깝긴 하지만 떨어뜨릴 생각이다.

물론 다른 곳에 간다고 해도 상황을 봐서 기자들에게 찌를 지도 모르는 일이다.

'그나저나 예전엔 남의 기억을 읽는 것이 재미있다고 생각했는데 이젠 귀찮기만 하군.'

대한민국의 미래를 바꾸는 것이야 내 삶의 목줄을 잡고 있으니 하고 있지만 이젠 다른 사람들의 뒤치다꺼리는 사양하고 싶었다.

"저··· 솔직히 일찍 결혼해서 와이프와 아이가 있습니다."

엄상국은 잠시 쭈뼛거리다 가족이 있다고 말한 후 떨어질 것이라 생각했는지 고개를 숙였다.

"그렇군요. 한데 가족이 있다고 해도 면접에는 어떤 불이익도 없습니다. 물론 연예계 생활을 하는 데 있어서도 그리 큰 영향은 없을 것 같은데, 엄상국 씨는 그리 생각하지 않으십니까?"

"…무, 물론 저 역시 그리 생각합니다."

"좋습니다. 결과는 빠른 시간 안에 알려드리겠습니다. 다음 지원자 들어오라고 하세요."

난 인사를 하고 나가는 엄상국의 뒷모습을 바라보며 고개를 갸웃거렸다.

그의 처의 인생에 영향을 미쳤으니 분명 염의 에너지가 차올라야 하는데 전혀 변화가 없었기 때문이다.

"결혼을 안 했으면 더 좋았을 텐데……. 사장님도 그러신가 보군요. 어쨌든 일단 다음 지원자 보시죠."

이민기 상무의 눈엔 내가 아쉬워하는 것처럼 보였나 보다.

엄상국 문제는 천천히 알아보기로 하고 들어오는 다음 여자 지원자를 보며 서류를 뒤적거렸다.

"안녕하세요. 태은경입니다. 가수와 연기를 지망하고 있습니다."

그리 미인은 아니었지만 쌍꺼풀 없는 눈과 고치지 않은 듯한 얼굴이 꽤 느낌이 있었다.

'응? 근데 엄상국과 같은 곳에서 아르바이트를 하고 있는 학생이네?'

왠지 모를 느낌에 머릿속으로 화장기가 거의 없는 여자의 얼굴에 눈썹을 짙게 그리고, 화장한 모습을 떠올렸다.

그리고 그녀가 누구인지 알 수 있었다.

'두 사람의 인연의 시작은 아르바이트를 할 때부터였군.'

엄상국의 미래의 연인인 태은경이었다.

난 태은경의 노래와 연기를 지켜보면서 어떻게 두 사람의 인연을 끊을지 고민했다.

그리고 질문할 시간이 오자마자 입을 열었다.

"조금 전에 엄상국 씨가 유부남임을 밝혔는데 태은경 씨는 자기소개서에 밝히지 않은 사실이 없습니까?"

"네?"

"있다면 솔직히 말해줬으면 좋겠군요."

"…어, 없어요."

약간 당황한 듯한 모습이 둘 사이에 지금도 감정 교환이 어느 정도 이루어지고 있는 모양이다.

복잡한 얼굴을 하고 있는 그녀에게 난 쐐기를 박듯이 말했다.

"혹시 우리 회사에 들어오게 된다면 남자를 사귀는 것에 대해선 막지 않을 겁니다. 단, 문제가 생길 만한 남자와 사귀는 것은 용납할 수 없음을 알아뒀으면 좋겠습니다. 지킬 수 있겠습니까?"

"무, 물론이죠……."

태은경의 대답과 함께 한 달치 정도의 에너지가 차올랐다.

*　　　*　　　*

방찬희는 36개월도 채 되지 않은 아이일 때의 꿈을 꾸고 있었다.

'또 그 꿈인가?'

꿈이었지만 잠이 깨기 직전의 꿈인지, 아니면 이전에 꾸었던 꿈인지 생각을 할 수 있었다.

지금까지 수십 번도 넘게 꾼 꿈이며 그에게 있어서 가장 오래된 기억이자 가장 선명한 기억이었는데, 다름 아닌 할아버지가 돌아가실 때의 모습이었다.

"놈을 죽여야 한다! 놈을!"

아버지의 두 손을 꼭 잡은 채 돌아가시기 직전까지 같은 말을 반복하는 할아버지는 어린 그에게 두려운 존재였다.

물론 나이가 들어 할아버지의 사정을 알게 되고 난 후엔 이해하게 되었지만 간혹 이렇게 꿈을 꾸곤 했다.

아마 아버지도, 방찬희 자신도 아직까지 유언을 이루어드리지 못해 할아버지가 눈을 못 감아 계속 꾸는지도 몰랐다.

'할아버지, 그 인간은 제가 손을 댈 수 없는 인간인 거 아시잖아요. 이제 그만 편히 눈 감으세요.'

숨이 넘어가기 직전 자신을 바라보며 슬픈 표정을 짓는 할아버지께 꿈속에서나마 방찬희는 중얼거렸다.

독립운동을 하신 할아버지는 일제의 앞잡이 노릇을 하던 놈에게 잡혀 모진 고초를 당했는데, 그 앞잡이의 자손은 지금 대한민국의 권력자가 되어 있었다.

미친 척하고 죽여 볼까 하는 생각도 한 적이 있다. 하지만 놈은 자신이 한 짓을 알고는 있는지 철저하게 경호원들의 틈에 숨어 있어 그마저도 불가능했다.

그의 말이 들렸을까?

할아버지는 슬픈 표정을 지우고 한없이 자상하게 웃으시면서 사라졌다.

'오늘은 빨리 끝났군.'

보통 이 꿈을 꾸면 몇 번이고 반복해서 꾸는데 오늘은 한 번으로 끝이 났다.

한데 안도도 잠시, 꿈이 바뀌었다.

비닐하우스인 것을 보아 초등학교 시절이다.

'오늘따라 꿈이 좀 이상하네.'

마치 당시로 돌아간 듯이 어린 그는 추위를 조금이라도 이겨보려고 이불을 꼭 여미고 있었다.

"우웅~ 당신 왔어요?"

'…엄마.'

오 년 전 돌아가신 어머니의 목소리에 꿈임에도 그리움이 목을 메이게 만들었다.

"응, 한데… 돈 좀 있어? 택시를 타고 왔는데 돈이 있어야지 말이야."

'…아버지.'

독립운동을 하신 할아버지와 달리 아버지는 연약한 분이셨다.

그래서일까? 할아버지가 남긴 한(恨)이 가득한 유언은 아버지에게 거대한 중압감을 줬고, 결국 그를 망치게 만들었다.

'어릴 땐 참으로 미워했는데…….'

어머니보다 3년 먼저 떠나신 아버지가 지금은 너무나 그리웠다.

"내일 애들 육성회비 낼 돈이 있긴 한데……. 드릴 테니 일단 택시비부터 내요."

당시엔 누나의 육성회비를 택시비로 빼앗아가는 아버지를 속으로 엄청 원망했는데, 지금은 대화를 나누는 두 분의 얼굴이 보고 싶었다.

하지만 꿈은 다시 변했다.

'어라? 이런 적이 있었던가? 이번엔 기억이 아니라 정말 꿈인 건가?'

부모님과 누나, 그리고 고등학생이 된 방찬희는 사람들과 함께 어느 2층 건물을 보고 있었다.

"1층은 직접 가게를 운영하셔도 좋고 세를 놓아 돈을 받으셔도 됩니다. 그리고 2층은 가족 분들께서 쓰시면 됩니다."

"…그러니까 이 건물을 저희에게 그냥 주신다는 건가요?"

어머니가 놀란 표정으로 말했다.

"하하! 정확하게는 임대죠. 혹시 나중에 사고 싶으시다면 시세보다 저렴하게 넘길 겁니다. 그리고 혹시 이사를 해야 할 상황이 되면 이사 가는 지역에 비슷한 집을 구해드릴 겁니다."

"…도저히 믿기지 않네요."

"참! 자녀분들의 학비와 학원비, 교재비는 전액 저희가 지원하니 서류와 영수증만 잘 챙겨서 직원이 방문할 때 주시면 됩니다."

"그런 것까지 어떻게……."

"재단에서 지급하는 것이니 너무 부담 가지지 마십시오. 그럼 2층으로 올라가 보실까요? 가구를 준비해 뒀는데 마음에 드실까 모르겠네요."

"가구까지… 한데 말씀하시는 재단 이름이?"

"우당입니다. '우리는 당신들을 잊지 않았습니다'의 약자죠."

"우당······!"

이상하지만 행복한 꿈이었다.

우당의 지원을 받으면서부터 가족의 인생이 바뀌었다.

암으로 돌아가신 아버지는 우당에서 매년 제공하는 정기검진으로 조기 발견하여 나았고, 어머니 역시 행복하게 살게 되셨다.

방찬희의 인생 또한 바뀌었는데, 평범하면서도 즐거운 중, 고등학교 시절을 보낸 후 한 번쯤 겪어보고 싶던 대학까지 다녔다.

바뀌지 않은 것도 있었는데, 대학 졸업 후 직업군인이 되었고, 지금은 국정원에서 일하고 있다는 것이다.

"···과장님! 과장님!"

또 한 가지, 대리였던 자신이 꿈속에선 과장이었다.

"과장님! 과장님!"

'빌어먹을! 깨고 싶지 않은데······.'

방찬희는 자신을 흔들며 부르는 소리에 짜증이 났다.

"그만 일어나세요! 사건이 일어났다니까요!"

정신이 들면서 날 선 목소리의 주인공이 김완주임을 알게 되었다.

"일어났으니까 그만 좀 해라! 도대체 넌 전생에 나한테 무슨 원한이 있기에 잠시나마 행복한 시간을 보내는 날 방해하냐?"

방찬희는 자리에서 일어나며 버럭 소리쳤다.

"…지금 저한테 소리치신 거예요?"

김완주는 어이없다는 표정으로 방찬희를 쳐다보며 말했다.

"당연히 너한테 말하는 거지. 여기 다른 사람이라도 있냐? 근데… 너, 남자 생겼냐? 얼굴에 웬 떡칠이야?"

"……"

그가 말을 할수록 김완주의 눈썹이 점점 역(逆) 팔 자로 되어갔다.

"왜? 그렇게 보면 어쩔 건데?"

"…어제 야근하면서 무슨 일이 있었는지 모르지만 집에 가서 봐요. 으득!"

"쟤가 미쳤나? 집은 무슨 집? 여기가 꿈속인 줄 아는 거야, 뭐야!"

방찬희는 싸늘한 표정으로 뒤돌아 나가는 김완주를 향해 소리쳤다.

꿈속에선 그녀와 작년에 결혼했는데, 현실과 달리 꿈속에선 그녀에게 청혼할 용기가 있어서 이루어진 일이었다.

쾅!

"저, 저게……!"

문짝이 부서져라 닫히는 소리에 완전히 잠에선 깬 그는 그녀가 사라진 방향으로 손가락질을 하다가 문득 이상함을 느졌다.

"…여긴 도대체? 아직 꿈속인 건가?"

낯선 사무실, 아니, 정확하게는 꿈속에서 보던 자신의 사무실이 현실에 존재하고 있었다.

책상 위에 놓인 '과장 방찬희'라고 적힌 명패를 보고 볼을 몇 번이고 꼬집어보지만 아프기만 할 뿐이다.

"이봐, 방 과장, 완주한테 얼른 사과해. 자네 때문에 분위기가 이게 뭔가?"

꿈속에서 대통령 암살 특별수사대의 일원이 된 프로파일러 오재덕이 옆구리를 쿡쿡 찌르며 말했다.

"그러게요. 평소엔 닭살 돋게 만드시더니 오늘은 얼려 죽일 생각이십니까?"

수사대의 일원인 진일신―임무 도중 죽은 진우신의 친동생―이 한마디 거들었다.

'정말 미치겠군. 어느 것이 현실이고, 어느 것이 꿈인지 모르겠네……'

방찬희에게 닥친 지금 이 상황은 혼란 그 자체였다.

어제 밤새도록 수사를 한 후 잠깐 자고 일어났는데 인생이 완전히 바뀌어 있었다.

"흥!"

"……"

눈이 마주치자 콧방귀를 뀌며 창밖으로 시선을 돌리는 김완주를 보고 있자니 결혼을 하지 않았을 때가 그리워졌다.

'인생이 바뀌었다고 말하면 과연 믿을까?'

동료들에게 말을 해볼까 했지만 곧 고개를 흔들었다. 자신도 믿지 못할 일인데 다른 사람들이야 오죽하랴.

우~ 우웅! 우~ 우웅!

다른 사람에게 귀싸대기를 날려달라고 말해볼까 생각하는데 전화기가 진동했다.

'엄마!'

스마트폰에 찍힌 '어머니'라는 글자를 본 순간 현 상황이 무엇이든 현실이기를 간절히 바라게 되었다.

—찬희니?

"…예, 엄마."

눈물이 와락 쏟아지려는 걸 겨우 참고 한마디 할 수 있었다.

—목소리가 왜 그래, 아들? 무슨 일 있니?

"아, 아니에요, 잘 지내시죠?"

—우리야 늘 그렇지. 아들은 요즘 힘든 사건을 맡아서 고생한다면서?

"고생은요. 한데 그건 어떻게 아셨어요?"

—어제 완주가 와서 이런저런 얘기를 해주더라. 애가 어찌그리 싹싹하고 예쁜지… 싸우지 말고 항상 잘해주렴.

어머니의 잔소리마저 감사하게 느껴지는 순간이다.

"그럴게요. 한데 무슨 일이세요?"

―이런! 내 정신 좀 봐. 아버지가 너한테 할 말이 있다고 했는데 이러고 있다. 바꿔주마.

헛기침 소리로 어머니에게 불만을 표한 아버지는 '잘 지내느냐?'는 물음 후 바로 본론을 꺼냈다.

―오늘 신문 부고란을 보니 인득수가 죽었다고 나오던데, 그 인득수가 맞는지 모르겠구나.

"인득수가 죽었어요?"

방찬희의 할아버지가 돌아가실 때 죽이라고 유언을 남긴 인간이 인득수였다.

―신문에 날 정도라면 그 짐승 같은 놈이 맞는 것 같은데 혹시나 싶어서 말이다. 만일 진짜 그놈이라면 마을 잔치라도 벌일 생각이다.

"제가 당장 알아보고 연락드릴게요."

―그래주렴.

방찬희는 전화를 끊고 차를 타고 있는 대원 중 막내에게 말했다.

"민호야, 인득수라는 사람이 죽었다는데 동부 이촌동에 사는 자인지 한번 알아봐라."

"……."

그의 말에 민호라 불린 대원이 어이없다는 표정으로 방찬희를 바라보았다. 그에 한마디 하려는데 차의 분위기가 이상했다.

"…왜 그렇게들 보는 건데?"

대답은 옆에 앉아 있던 오재덕이 했다.

"지금 우리가 가고 있는 곳이 바로 그 양반 집이야. 팀장이 무슨 사건 때문에 출동하고 있는지도 모르면 어쩌자는 거야?"

"…동부 이촌동 인득수 집으로 가고 있다고요?"

"그래, 그 양반, 어젯밤에 살해당했어. 물론 범인은 우리가 쫓고 있는 놈일 가능성이 높고."

"휴우~ 정말이지 오늘은 혼란의 연속이네요……."

이해하기를 포기한 방찬희는 될 대로 되라는 심정이 되어 창밖으로 도도히 흐르는 한강을 보며 머리를 비우려 애썼다.

제9장

신지영

"일신이는 A팀과 주변 탐문하고, 민호는 B팀과 현재 수사 중인 이들과 같이 움직여. 오 교수님이랑 완주는 저랑 안으로 들어가시죠."

이번 사건의 범인이 대통령 암살범이 맞다면 안에 남아 있는 흔적 따위 없을 것이 분명했다. 그러나 기본을 놓쳐선 안 된다는 것이 그의 생각이다.

폴리스 라인을 넘어 저택으로 들어가자 정원에서 과학수사대의 인원들이 열심히 움직이고 있었다.

"뭐 좀 나왔습니까?"

잔디밭에서 발자국을 뜨고 있던 남자가 고개를 흔드는 것으로 대답을 대신했다.

기대감 없이 한 질문이었기에 수고하라고 말한 후 거실로 들어갔다.

"용산서에서 나온 조택환입니다. 특별수사대에서 나오신 분들이죠? 연락 받고 기다리고 있었습니다."

"고생하십니다. 제가 알아야 할 특별한 점 같은 것이 있습니까?"

"딱히 없습니다. 거실 창을 통해 들어온 범인이 경호원들을 제압하고 거실에서 쉬고 있던 피해자를 죽이고 사라졌다는 게 다죠. 다만 고문을 했는지 피해자의 손가락이 부러져 있었습니다."

"고문요?"

방찬희는 고문이라는 말에 자신들이 쫓는 범인이 아닐지도 모른다는 생각이 들었다. 하지만 패턴은 언제든 달라질 수 있었기에 판단은 일단 뒤로 미뤘다.

"범인 얼굴을 본 사람은?"

"없습니다. 유명 캐릭터 가면을 쓰고 있었다더군요."

"경호원들은 살아 있죠?"

"팔다리가 부러졌지만 모두 살아 있습니다."

고문을 했다는 걸 제외하곤 범행 수법만을 봐서는 일행이 쫓고 있는 대통령 암살범이 분명해 보였다.

"그들은 어디 있습니까?"

"저쪽 방에 모여 있습니다. 참, 피해자의 둘째 아들도 같이 있습니다."

"둘째 아들이 왜요?"

"글쎄요. 책임자가 오면 말하겠다고 해서 그냥 방에 있으라고 했습니다."

"고생하셨습니다. 뭔가 특이한 점이 발견되면 저에게 알려주십시오."

사실 수사 방향이 달라 용산서 수사대에서 뭔가를 발견할 가능성은 없었지만 혹시 몰라 한마디 하고 피해자의 경호원들과 아들이 있는 방으로 들어갔다.

방엔 다섯 명의 사내가 있었는데 한 명을 제외하곤 팔과 다리에 깁스를 하고 있었다. 그중 신체는 멀쩡하지만 술을 마셨는지 술 냄새를 풀풀 풍기는 사내가 다가와 말했다.

"당신이 우리 아버지 사건의 책임자요?"

"그렇습니다만……."

방찬희는 살짝 인상을 쓰면서 말했다.

"난……."

"무슨 말을 하려는지 모르지만 일단 수사부터 해야 하니 잠시 옆에 계십시오."

매국노의 자식이라는 이유만으로 사람을 무시할 생각은 추호도 없었지만 술에 취해 시비 거는 듯 묻는 태도는 참을 수가 없었다.

그래서 단호하게 말을 끊고 그를 지나쳐 경호원들이 있는 곳으로 갔다.

"뭐야! 날 무시하는 거야? 걔네들이 알고 있는 게 있을 것 같아? 난 어떤 놈들이 아버지를 죽였는지 알고 있어!"

범인을 알고 있다는 말에 방찬희는 완전히 무시할 수가 없었다.

"…누군데요?"

"아버지가 매국노라고 20년 동안 중상모략을 해온 우당 놈들이 죽인 게 분명해! 중상모략을 하다 하다 안 되니까 킬러를 보낸 거라고!"

들을 가치도 없는 말이었다.

"완주야, 밖에 팀원들에게 말해서 저 사람 데려가라고 해."

"흥! 알았어요."

김완주는 여전히 화가 난 상태였지만 공과 사는 구분했다.

그녀가 사람을 데리러 간 사이에 인득수의 아들은 입을 가만히 두지 않았다.

"여기 증거가 있어! 오늘 우당에 익명의 이름으로 천억 원이 기부되었는데, 그게 아버지 돈이란 말이야!"

"그럼 소송을 해서 찾을 수 있을 텐데요?"

"그건……."

"비자금입니까? 여기 계신 이유가 그 돈을 찾고 싶어서라면 포기하시고 변호사 사무실에나 가보시는 게 나을 겁니다."

아버지가 죽었는데 돈을 찾으려고 눈이 벌게진 남자를 보고 있자니 욕지거리가 나올 것 같았다.

때마침 팀원 중 두 명이 들어와 데리고 나갔기에 망정이지 아니었으면 욕을 했을 것이다.

'그나저나 우당이라…….'

꿈속에 이어 두 번째 듣게 된 이름. 왠지 끌리는 이름이었다.

하지만 그의 상념을 깨는 목소리가 있었다.

"저… 어디서 나오셨는지 모르지만 물으실 것이 있으시면 빨리 좀 끝내주셨으면 합니다만……."

"아! 죄송합니다. 정신없게 만드는 사람이 있어서……. 그럼 바로 시작하죠. 범인에 대해 아는 대로 말씀해 주십시오."

방찬희는 범인에 대해 작은 단서라도 얻을까 싶어 수첩을 꺼내 경호원들의 말을 받아 적었다.

* * *

"우와! 날씨 너무 좋다. 저기 진달래 봐."

"예쁘다! 이게 얼마만의 외출이니!"

야유회를 떠나는 회사 식구들은 기분이 좋은지 풍경을 보고 조잘대거나 간만에 생긴 휴일에 잠을 청하고 있었다.

"눈이라도 잠시 붙이시죠."

이민기 상무가 옆자리에 앉으며 말했다.

"요즘 많이 자서 잠이 안 오네요."

"일 좀 잡을까요?"

"…아뇨, 한동안 개인적으로 할 일이 있다고 말씀드렸잖아요."

틈만 나면 일을 잡으려고 난리다.

최근 돈독이 오른 이민기 상무는 일이 끝나자마자 밀려드는 일을 다 하려고 했다. 아마 내가 고사(固辭)하라고 하지 않았다면 숨 쉴 틈도 없이 바빴을 것이다.

"물이 들어왔을 때 노를 저어야 한다니까… 쩝! 정승 판서도 본인이 싫다면 어쩔 수 없는 법이죠. 근데 이사는 잘 하셨습니까?"

상수가 지난주에 약속한 건물을 줬다.

최근 조직폭력배 세계의 경기가 썩 좋지 않았는데, 그 때문에 해외 진출을 하는 조폭도 꽤 많았다. 그러다 보니 자연 빌딩을 준다던 약속이 2층 건물로 바뀔 수밖에 없었다.

물론 처음 약속한 것에 비하면 작아지긴 했지만 그들의 사정을 알기에 감사히 받았다.

"덕분에요."

"뭐 필요한 건 없으십니까?"

"아는 동생들이 쓸데없는 것까지 챙겨주는 바람에 딱히 없습니다."

"좋은 동생들을 두셨네요."

딱히 중요한 얘기도 아닌데 이런저런 얘기를 하며 뭉그적거리는 것이 아무래도 뭔가 할 말이 있는 모양이다.

"할 말 있음 하세요."

"하하, 아셨습니까?"

"모르는 게 이상하죠. 곧 목적지에 도착할 때가 되었으니 얼른 말씀하세요."

이민기 상무는 뒤를 힐끔거리며 나만 들릴 정도의 목소리로 말했다.

"다름이 아니라… 정말 걸 그룹을 낼 생각입니까? 아! 사장님의 안목을 폄하하는 건 절대 아닙니다."

그동안 준비 중이던 걸 그룹을 그제 이민기 상무에게 소개시켰는데, 그때 그의 표정이 가관도 아니었다.

그의 반응은 어쩌면 당연했다.

얼굴의 붓기도 빠지지 않은 애들도 있는데 여름 전에 데뷔를 시키겠다고 말했으니 그로서는 미칠 지경일 것이다.

그러나 난 짐짓 그의 마음을 모르는 척 대답했다.

"제 안목을 믿어준다니 다행이네요."

"하지만 너무 성급한 것 같습니다! 최소한 1년쯤은 연습을 시키고 내년에 하는 것이 어떻습니까?"

"굳이 그래야 할 필요가 있을까요?"

"몇 년을 연습한 후 데뷔해도 성공할 확률이 희박한 것이 가요계입니다. 한데 준비조차 제대로 하지 않은 상태에서 데

뷔부터 한다는 것이 얼마나 무모한 일인지 모르겠습니까?"

"그럼 반대로 묻죠. 연습을 해도 희박한데 굳이 몇 년씩 연습을 할 필요가 있습니까? 차라리 데뷔를 한 후에 천천히 연습을 하는 것도 그리 나쁘지 않을 것 같은데요."

"그러다가 떠버리면 한계가……."

"뜨면 좋은 거죠. 근데 과연 연습생 생활이 길다고 시청자들이 좋아할까요?"

"그건……. 휴우~ 궤변인 건 잘 아시죠? 근데 왠지 반박을 할 수가 없군요. 아무튼 일단 노력은 해보겠지만 정 아니다 싶으면 그땐 저도 오늘처럼 그냥 넘어가진 않을 겁니다."

"그러세요."

"정말이지 돈을 벌어도 쓸 틈을 안 주시는군요."

이민기 상무는 일을 떠넘기는 나에게 질렸다는 듯 고개를 절레절레 흔들며 자신의 자리로 돌아갔다.

'그래도 설날 때 챙겨준 보너스가 제 몫을 하나 보네.'

여자민의 성공으로 회사에 약간의 여유가 생겼는데, 그 돈을 난 직원들에게 골고루 나눠줬다.

여유 자금을 남겨둬야 한다는 말도 있었지만 아버지가 돌아가시고 회사를 지켜준 사람들에 대한 최소한의 성의였고, 회사가 잘되면 같이 잘살게 된다는 것을 보여주고 싶었다.

"다 왔습니다!"

버스가 목적지인 펜션에 도착했다.

"편안한 옷차림으로 갈아입고 점심 전까지 운동을 하든지 쉬든지 하고 싶은 거 하세요."

강제적으로 함께 참여하는 게임을 할 수도 있었지만 내가 싫은 걸 남에게 강요하는 것은 별로였다.

다만 하지 않을 수 없게 좋은 상품을 걸었다.

"대박! 상품이 명품 백과 백화점 상품권이다!"

"우와! 진짜! 팀장님, 저도 끼워주세요. 근데 족구는 어떻게 하는 거예요?"

"족구에 참여할 운동 잘하는 여자 두 명, 환영합니다. 이겼을 시 상품은 가위바위보입니다."

펜션 입구에서 족구 시합 상품을 본 사람들은 옷도 갈아입지 않고 편을 짜기에 바빴다.

"사장님은 어느 팀으로 가실 생각이십니까?"

"하하! 제가 하면 반칙입니다."

대학 다닐 때부터 시작한 족구는 군대에서는 물론이고 천안 조직 동생들과도 틈만 나면 하던 운동이다.

"그럼 구경만 하십시오."

질문을 한 직원에게 빙긋 웃어주곤 펜션 안으로 들어갔다.

"형님, 오셨어요?"

새벽같이 펜션에 와서 이것저것 준비한 석두가 한쪽 의자에 앉아 음료수를 마시고 있었다.

"준비하느라 고생했다. 고모님이랑 지민이는?"

"신지영 선생님께선 점심 먹을 때쯤 도착하신다고 했고, 지민인 한 시간 전에 와서 저쪽 방에서 자고 있습니다. 형님 오면 깨워달라고 했는데 깨울까요?"

"됐다. 인사야 나중에 하면 되지. 너도 이제 그만하고 나가서 놀아라."

"출장 뷔페에서 연락 오기로 했는데······."

"전화기 줘. 내가 할게."

"형님은요?"

"난 창으로 구경만 하련다."

"2층 베란다가 구경하기 좋을 겁니다."

신이 나서 나가는 석두를 뒤로하고 2층 베란다로 가 자리를 잡고 앉았다.

"아함~ 포근하니 졸리네."

시선은 경기를 준비 중인 회사 식구들을 보고 있었지만 머리로는 며칠 전의 일을 생각했다.

일제강점기에 순사로 일하며 수많은 독립운동가에게 모진 고문을 했고, 그 이후엔 당시 모은 돈으로 정치권으로 진출해 나라를 망치는 데 일조한 인득수를 죽임으로써 염의 에너지를 채운 난 IMF가 한참일 때로 갔다.

기업들은 살기 위해 빌딩을 싸게 내놓았고, 달러와 금은 몇 배의 가치가 있던 시절이었는데 난 건물 속 잠자고 있던 달러와 금을 풀어 닥치는 대로 건물을 사들인 후에야 현재로 돌아왔다.

물론 자본이 풍부해진 재단이 해야 할 일에 대해서 지시해 두는 것도 잊지 않았다.

이번에 과거를 바꿈으로써 현재의 내가 바뀐 것은 없었다. 아직까지는 말이다.

사실 달러와 금을 처리하면서 내 이름으로 남겨둔 재산이 있었는데, 며칠 뒤 내 생일부터 권리를 행사할 수 있어서 이제 부터는 돈 걱정할 필요가 없었다.

'해야 할 일만 많아질지도.'

모두 재단의 이름으로 사는 것이 아깝다는 생각에 내 이름 으로 세 채의 빌딩을 샀지만 지금 생각해 보면 딱히 절실한 돈은 아니었다.

다만 할 수 있는 일이 많아졌다는 건데, 그건 곧 내 시간이 더 부족해진다는 의미이기도 했다.

'에이, 모르겠다. 일단 없는 것보단 낫겠지.'

돈이 권력인 시대인데 실보단 득이 많을 거라 생각하니 조 금 위안이 됐다.

한참 생각을 하는데 갑자기 누군가가 눈을 가렸다.

부드러운 손의 느낌이 여자였다.

"미나야, 누가 보면 어쩌려고 이러냐?"

"……!"

이런 장난을 칠 사람은 걸 그룹 멤버가 된 미나밖에 없었다고 생각해서 말했는데 손이 뻣뻣하게 굳어지는 느낌에 고개를 돌렸다.

"죄, 죄송해요."

뜻밖에도 여지민이었다.

"오셨다는 얘기를 듣고 인사드리러 왔다가 저도 모르게… 죄송합니다, 사장님."

당황해하며 연신 고개를 숙이니 뭐라 하기 힘들었다.

"괜찮아. 그럴 수도 있지. 좀 쉬었어?"

"아! 네, 네."

"너무 그러지 마라. 남들이 보면 내가 널 괴롭히는 줄 알겠다. 그냥 편하게 오빠라고 생각해."

"그, 그래도 될까요?"

"응, 이쪽으로 와서 앉을래? 아님 밑에 내려가서 회사 식구들과 족구라도 하든지."

"족구는 한 번도 해본 적이 없어서… 그냥 여기 있을게요."

여지민은 쭈뼛거리면서 맞은편 자리에 앉았다.

'환골탈태가 따로 없군.'

여지민의 과거와 나이를 알지 못한다면 작업을 걸어볼 만큼 바뀌어 있었다.

그러나 화려함에 감춰진 다크서클이 얼마나 힘들게 스케줄을 소화하고 있는지를 보여주는 듯했다.

"행복하냐?

"네?"

"지금 생활에 만족하느냐고."

"물론이에요. 하루하루 감사하면서 살고 있어요. 이번에 통장에 들어온 돈을 보고 엄마가 펑펑 우셨어요. 사실 저도 많이 울었고요. 기뻐도 눈물이 난다는 말, 처음으로 겪어봐요."

다행히 행복한 표정을 짓는 것이 거짓이 아닌 것 같았다.

"지금의 너도 중요하지만 미래의 너도 중요하니까 쉬고 싶으면 말해라. 스케줄은 언제든 조절할 수 있도록 이민기 상무에게 말해두마."

"그렇게 말씀해 주시니 감사해요. 하지만 지금은 할 수 있을 때까진 해보고 싶어요."

"그래, 네가 좋을 대로 해. 대신 내가 매니저에게 말해둘 테니 먹는 것에 돈 아끼지 말고, 시간 날 때마다 마사지는 꼬박꼬박 받아라."

사장으로서 바라는 것은 당연하게도 그녀가 많은 돈을 벌어오는 것이었다.

서로 윈 윈할 수 있다면 그렇게 하는 것이 제일 좋았는데, 그러기 위해선 그녀의 건강이 최우선이었다.

"…네."

"사장으로 한 말이니 오해 마라."

괜스레 얼굴을 붉히는 모습에 한마디 덧붙였다.

"오, 오해 안 해요!"

"그렇다면 다행이고. 하하하! 저기 봐, 석훈이가 헛발 차면서 뒤집어졌다."

팀당 다섯 명으로 족구를 해본 적이 거의 없는 여자들을 두 명씩 끼워서 하다 보니 재미있는 장면이 많이 나왔다.

게다가 상품에 눈이 어두워져 여자들만 겨냥해서 공격하는 이들이 없어서인지 분위기도 화기애애했다.

한참 재미있게 보고 있을 때, 신지영의 밴이 펜션 주차장으로 들어왔다.

'왔다!'

이번 야유회는 전적으로 그녀에게 알아볼 것이 있어 계획되었다고 해도 과언이 아니다.

난 자리에서 일어나 펜션 입구로 내려갔다.

"고모님, 오셨어요?"

"오랜만이네, 조카. 드라마 잘 보고 있다. 요즘 엄청 잘나가던데 나중에 고모를 잊으면 안 된다?"

"하하! 그런 날이 오겠습니까? 오시느라 힘드셨죠? 점심은 족구 시합 끝나고 먹을 테니 쉬고 계세요."

"괜찮아. 애들 노는 거 구경이나 할래. 근데 점심 먹고는 뭐 할 거야?"

"불암산 등산이나 할까 하는데 어떠세요?"

"…등산?"

"왜요? 싫으세요? 하긴 좀 번잡하겠죠?"

"아니, 괜찮은 생각인데? 내가 조용한 곳 알고 있는데 그리로 가면 괜찮을 거야. 대신 걸리면 벌금을 물어야겠지만."

설령 고모가 등산이 싫다고 했어도 어떤 핑계를 대서라도 산으로 데리고 갔을 것이다. 한데 직접 가겠다고 하니 더할 나위 없이 좋았다.

"후후! 벌금이야 제가 내겠습니다. 그럼 조금 있다가 안내 부탁드릴게요, 고모."

사실 류성은이 고모의 딸이라는 걸 알게 된다고 해도 특별히 달라질 것은 없었다. 다만 변수가 많은 삶에 뭐든 확실하게 해두는 것이 좋았다.

*　　　*　　　*

"안녕하세요, 선생님."

조카라고 부르는 김철이 가져다 준 커피를 마시는데 예쁘장하게 생긴 여자애가 다가와 인사를 했다.

요즘 TV를 틀면 나오는 가수로, 그녀 역시 무척이나 좋아하는 노래를 부른 아이였다.

"그래, 여지민이지? 노래 잘 듣고 있어. 반갑다."

"영광이에요, 선생님."

"호호! 다 늙은 나 같은 사람을 만난 게 무슨 영광. 옆에 앉을래?"

"무슨 말씀이세요. 그냥 보기엔 제 언니처럼 보이는데요."

"그럼 언니라고 부를래?"

"정말 그래도 돼요? 아! 그런데 안 되겠구나."

"왜……?"

기쁜 듯 말하다가 갑자기 시무룩해지는 여지민의 표정에 이유를 물었다.

"사장님이 선생님께 함부로 하면 절대 안 된다고 강조하셨 거든요. 연습생이 편하게 연습만 할 수 있는 이유가 다 선생 님 덕이라고요."

"저 녀석… 별소리를 다 했구나."

신지영은 어느 정도 떨어져 앉아서 힐끔힐끔 자신을 바라 보고 있는 김철을 따뜻한 시선으로 바라보며 중얼거렸다.

"한데 언니라고 부른다고 해서 함부로 하는 것은 아니지 않아?"

"물론이죠! 어떻게 감히 제가 선생님께……."

"그럼 언니라 불러. 철이가 뭐라 하면 내가 시켜서 어쩔 수 없이 했다고 하고. 불러봐."

"어, 언니……."

"호호호! 그래, 동생."

신지영은 귀여워 죽겠다는 듯 여지민을 끌어와 자신의 옆 에 앉혔다.

"지민인 몇 살?"

"열아홉이요."

"좋은 나이네. 그럼 고3?"

"가정 형편 때문에 1년 쉬어서… 고2예요."

"그럴 수 있지. 그런 것 때문에 기죽거나 하진 않지?"

"그럼요."

"그래, 그렇게 씩씩하게 사는 거야. 자, 이거 마셔. 마시면서 언니랑 경기나 보자."

신지영은 여지민에게 연신 이것저것 챙겨주며 흐뭇한 미소를 지었다.

그러다 문득 그녀의 눈에 짙은 그리움이 드리워졌다.

'그 애도 이만한 때가 있었을 텐데……'

평생 그리워할 줄 알았더라면, 행복을 위해 보냈는데 둘 다 불행해질 줄 알았더라면 절대 그 애를 넘기지 않았을 것이다.

그러나 미래를 알 수 있는 방법은 없었고, 엎질러진 물을 담을 수 있는 방법 또한 없었다.

'근데 이 애… 설마?'

딸처럼 느껴지는 여지민에게 자꾸 눈이 갔는데 보다 보니 그녀의 눈이 김철에게로 향하고 있음을 알 수 있었다.

'내가 사랑에 눈을 뜬 나이도 저 때쯤이었나?'

주위에서 뭐라 한다고 해서 이미 누군가를 향한 마음이 사라지는 것이 아님 또한 잘 알고 있었다. 하지만 자신의 경험 때문인지 몰라도 좀 더 나이가 들어서 연애를 하라고 조언하고 싶었다.

'조카가 오빠를 닮았다면 잘하겠지.'

그러나 김철이 알아서 잘하리라는 생각에 입을 다물었다.

"와아! 우리가 이겼다!"

함성 소리와 함께 족구 경기가 끝이 났다.

이어진 점심시간, 호텔 고급 뷔페도 부럽지 않을 만큼 좋은 음식들로 가득했다.

"점심 먹고 가볍게 등산할 계획이니 웬만하면 빠지는 사람 없이 모두 참석해 주세요. 빠르면 30분이면 충분하니 옷은 신경 쓰지 않아도 될 겁니다."

식사가 끝나갈 때쯤 김철이 말했고, 머지않아 삼삼오오 가벼운 차림으로 펜션 입구에 모였다.

"고모, 가시죠."

"에스코트하는 거니?"

"그럼요. 힘들면 말씀하세요. 기꺼이 업어드릴게요. 하하하!"

"…넌 오빠랑 조금 다른 것 같구나."

능글거리며 말하는 것이 왠지 여자에게 익숙하다는 느낌을 받았다.

"네?"

"아니다. 지민이랑 같이 갈 건데 괜찮지?"

"상관없어요. 한데 쟨 아까 제가 한 말을 듣지 못한 걸까요?"

김철의 말처럼 그녀의 쪽으로 오고 있는 여지민은 치마에 굽 높은 구두를 신고 있었다.

"아마도… 뭔가에 귀가 멀었겠지. 가자. 한 명쯤은 예쁘게 가는 것도 좋지 않니?"

신지영은 김철의 어깨를 툭툭 치며 걸음을 옮겼다.

"여긴 정상적인 등산로가 아니네요? 헉헉!"

"예전엔 등산로만큼 길이 잘 뚫려 있었는데 아파트가 들어서면서 예전처럼 이 길을 찾는 사람이 많이 없어서 그런가 봐. 많이 힘드니?"

"헤헤! 조금요. 한데 조용하고 들꽃들이 여기저기 피어 있는 것이 등산로보다 훨씬 좋은 것 같아요."

"후후, 그래? 이제 목적지가 금방이니 조금만 참으렴. 그나저나 철이가 힘들겠네."

김철은 앞에서 길을 뚫고 있었다.

여지민을 다독인 신지영은 김철이 나뭇가지를 치우는 동안 숨을 돌리며 파란 하늘을 바라보았다. 그리고 이십여 년 전의 과거를 보았다.

"엄마, 우리 지금 어디로 가는 거예요?"

앙증맞은 아이는 엄마와 외출 나온 것이 마냥 기쁜지 힘들 텐데도 내색하지 않고 명랑하게 물었다.

"…엄마가 알고 있는 소중한 보물을 너에게 알려주려고 간단다."

"소중한 보물이 뭐예요?"

"보면 안단다. 하지만 너에겐 아무것도 아닐 수도 있으니 너무 기대하지는 마렴. 다만 오늘을 잊지 않았으면 하는구나."

"안 잊을게요. 약속해요."

고작 30개월이 막 넘은 아이가 약속처럼 오늘을 잊지 않기를 바랐지만 불가능한 일임을 과거의 신지영은 알고 있었다.

"하아, 하아, 보물… 보물은 어디 있어요?"

목적지에 이른 아이는 주위를 두리번거리며 엄마가 공유하고자 하는 보물이 무엇인지를 찾았다.

그리고 신지영이 대답하기 전에 아이가 먼저 알았다는 듯 외쳤다.

"앗! 알았다. 저기 있는 토끼와 거북이가 엄마가 말한 보물이죠?"

"앗! 저기 있는 바위와 나무는 마치 토끼와 거북이 같지 않아요, 언니?"

그때 여지민의 외치는 소리에 정신을 차린 신지영은 이십여 년은 우습다는 듯 변치 않고 있는 동물을 닮은 바위와 나무를 쳐다보았다.

여전히 추억 속인 걸까?

신이 난 아이가 바위에 앉아 자신에게 오라는 듯 손짓하고 있었다.

"…응, 아가야. 내가 갈게."

옆에 있는 여지민이 의아해하며 뭔가 말하는 것 같았지만 들리지 않았다.

'울면 안 돼!'

신지영은 입을 앙다물며 울음을 참으려고 노력했다. 눈물에 시야가 흐려지면 아이가 보이지 않을 것 같았고, 눈물이 흐르면 아이가 씻겨 나갈 것 같았기 때문이다.

하지만 언제나 그렇듯 신은 인간의 곁에 없었다.

시야가 흐려졌고 뚝 떨어지는 눈물에 아이는 사라지고 현실로 돌아왔다.

"서, 성은아! 흑흑흑!"

신지영은 무너지듯 주저앉아 그녀의 딸인 류성은의 이름을 불렀다.

제10장

접근

회사 야유회를 통해 한 가지를 배웠다.

괜한 호기심이 다른 사람의 상처를 헤집을 수 있다는 것.

갑작스럽게 터진 고모의 눈물은 멈출 줄을 몰랐다. 그리고 야유회가 끝난 후 모든 스케줄을 남겨둔 채 잠적하는 사태에까지 이르렀다.

그녀가 잠적한 삼 일 동안 난 정말 과거를 바꾸러 가야 하는 것이 아닌지 고민했는데, 오늘에야 말짱한 목소리로 연락이 왔다.

"휴우~ 정말 다행이에요. 연락이 안 돼서 얼마나 걱정했는지 아세요?"

―미안. 스케줄은 어떻게 했어?

"이번 주까지 모두 미뤄뒀으니 신경 쓰지 마시고 푹 쉬세요. 아니, 아예 다음 주까지 뺄까요?"

―이젠 괜찮아. 다음 주부턴 나갈게. 미안해, 조카.

"그런 말씀 마세요. 무슨 일인지 모르지만……. 아무튼 건강 조심하고 계세요. 조만간 찾아뵐게요."

마음에 찔렸기에 서둘러 말을 마무리했다.

"휴우~ 정말 다행이다."

난 의자에 몸을 기대며 안도의 한숨을 내쉬었다.

염일 땐 누군가가 죽는다는 것은 그저 피치 못해 살리지 못한 것에 불과했다. 그러니 미안한 감정을 느낄 이유가 없었다.

한데 막상 나의 행동 때문에 누군가가 자살을 할 수 있다고 생각하니 가슴속에 커다란 돌이 자리한 듯 답답하고 미칠 것 같았다.

고모가 무사하다는 전화를 받고 나자 비로소 돌덩이가 사라지면서 온몸의 힘이 빠졌다.

"이러고 있을 때가 아니지. 얼른 이민기 상무에게도 알려줘야겠군."

스케줄 취소는 이민기 상무가 담당하고 있었다.

―담당 매니저에게 방금 전화 받았습니다. 이제야 한숨 돌리겠군요. 그나저나 휴게실에 쌓인 것은 어쩌실 생각입니까? 오늘도 계속 들어오고 있는데…….

"아! 잊고 있었네요. 지금 내려가서 정리하죠."

보고를 받았는데 정신이 없다 보니 생각하지 못하고 있었다.

"……!"

휴게실 문을 연 난 잠시 할 말을 잃었다.

생일 선물이 휴게실을 가득 채울 듯이 쌓여 있었기 때문이다.

"좀 많죠? 도와드릴까요?"

"도민이 형도 불러요."

둘이 해도 한참이 걸릴 것 같았기에 아예 내 매니저까지 불렀다.

"편지는 이 박스에 넣어주시고, 선물은 먹는 것과 먹지 못하는 것으로 나눠 쌓아주세요."

방송에서 마른 오징어를 좋아한다는 말을 한 후에 이가 다 닳아 사라질 때까지 먹을 수 있을 만큼의 오징어가 선물로 들어왔고, 화이트데이 땐 이가 썩어 사라질 정도의 사탕이 들어왔다.

많은 양에 질리긴 했지만, 그렇다고 싫은 것은 결코 아니었다.

첫 번째, 두 번째 인생에 사랑을 받아본 기억이 별로 없어서인지 비록 얼굴을 본 적도 없는 팬들의 사랑이지만 충분히 고마웠다.

그러나 혼자서 먹는 건 절대 불가능했다.

"오징어는 아직도 들어오는군요. 혹시라도 홍어회 좋아한다는 소린 절대 하시면 안 됩니다. 그땐 대표님 매니저 그만둘 겁니다."

석도민은 오징어라면 보기도 싫은지 한쪽으로 휙 던지며 투덜거렸다. 그는 회사에선 대표로서 대우를 해준다고 높임말을 쓰고 있었다.

"지금 던진 건 도민이 형이 가져가세요."

"……"

"그래도 이번엔 생일이라고 비싼 선물이 많이 들어왔군요. 어라? 이건 자동차 킨데요? 헐~ 서류도 다 준비되어 있군요. 신고만 하면 탈 수 있겠어요."

이민기 상무의 손에 들린 건 해외 유명 메이커가 박힌 스마트 키였다.

"열쇠값만 해도 꽤 나가겠군요. 누가 보냈는지 몰라도 연락해서 마음만 받겠다고 하고 다시 보내세요."

손수 뜬 목도리 같은 정성이 들어간 것은 평소에 하고 다닐 만큼 좋아했다. 물론 그렇다고 비싼 선물을 싫어할 만큼 청렴한 스타일도 아니었다.

하지만 너무 비싼 건 부담스러웠다.

"이거 어제 퀵서비스로 온 선물 같은데… 생일 축하한다는 카드 말고는 어디로 돌려보낼지 주소가 없습니다만?"

"자동차 도착하면 그때 돌려보내면 되죠."

"혹시……!"

이민기 상무는 잠깐 밖으로 나갔다 들어오더니 차가 주차장에 서 있다고 말했다.

"영업소에 전화해서 가져가라 하면 되겠죠."

"안 가져가면요?"

"알아내는 방법이야 많으니 일단 선물부터 분류하죠. 참, 그리고 선물 분류 끝나면 팬클럽 회장님과 의논해서 선물 보내준 사람들과의 팬미팅을 계획해 주세요. 선물만 받고 입을 씻을 순 없잖아요. 장소는 서울, 대전, 부산 세 곳 정도면 되겠네요."

"세 번이나 하시려고요?"

"어차피 촬영도 없잖아요. 그리고 모든 비용은 제가 지불할 테니 행여나 회비는 걷지 말라고 해주시구요."

"팬들에겐 TV에 얼굴 비춰주는 것이 더 좋은 선물이 될 것 같은데요?"

"그건 그거고요."

사실 갑작스럽게 인기를 얻은 것이라 지금과 같은 상황엔 어떻게 해야 할지 잘 몰랐다.

경험이 풍부한 이민기 실장의 말이 맞겠지만 그렇다고 마냥 받기만 하는 건 내 성미에 맞지 않았다.

가득하던 선물 박스는 시간이 지나자 점차 줄어들더니 결국엔 바닥을 드러냈다.

"고생하셨습니다. 제 생일 선물은 일한 걸로 퉁 치기로 하죠."

"헐! 이 상자 중에 제 선물도 있었습니다만."

"다음부턴 직접 주세요. 선물했다는 티는 내셔야죠. 그럼 이 상무님 생일날 선물은 제가 정리해 드리는 걸로 하죠."

"…네, 네, 어련하시겠어요. 근데 오늘 약속 있다고 하시지 않았습니까?"

"아, 맞다."

오랜만에 최상철과 만나기로 했는데 고모 때문에 까맣게 잊고 있었다.

시간을 보니 지금 출발하면 아슬아슬하게 도착할 수 있을 것 같았다.

"데려다드리죠."

"괜찮아요. 형은 선물이나 집에다가 옮겨주세요."

"쩝, 그럴 것 같아서 모셔다드리려고 했더니만… 술 많이 드시면 연락하십시오. 대기하고 있겠습니다."

"불편하니까 기다리지 마세요. 그럼 갑니다."

일이 없을 때까지 석도민이 쫓아다니는 건 절대 사양이다.

택시를 타면 좋은데 요즘 인기 때문에 걷다 보면 사람들이 알아봐서 조금 불편해도 자가용을 이용했다.

"형, 회사 일 때문에 약속 시간까지 아슬아슬하겠어요. 10분쯤 늦을 것 같아요."

신호등에 걸린 틈을 이용해 최상철에게 전화했다.

평소 약속 시간에 대해 꽤 깐깐한 편이다 보니 스스로에게도 엄격했다.

―자식, 스타는 원래 좀 늦게 나타나도 되니까 조심히 운전해서 와라.

"죄송해요."

―니가 일부러 늦게 올 놈은 아니잖아? 먼저 술 한잔 마시고 있을 테니 천천히 와.

"네."

전화를 끊자 때마침 신호가 바뀌었다.

난 마음이 급한 것에 비해 천천히 액셀을 밟았다. 빨리 가려다 정말로 아버지처럼 빨리 가거나 더 늦어질 수도 있었기 때문이다.

좀 달리나 싶었지만 얼마 가지 못해 또다시 신호에 걸렸다.

언제나라고 할 정도로 막히는 곳임을 알기에 느긋한 마음으로 신호가 바뀌기를 기다렸다.

'어? 저 차……!'

하염없이 사이드미러와 백미러를 번갈아 보고 있는데 뒤에서 다가오는 차의 속도가 조금 빠르다는 생각이 들었다.

아니나 다를까, 운전자가 브레이크를 밟는 듯 보였지만 제동 거리가 부족했다.

콰앙!

부딪칠 것을 준비하고 있어서인지 충격은 거의 없었지만 소리는 깜짝 놀랄 만큼 컸다.

"…쩝."

귀찮았지만 차에서 내려야 했다.

부딪친 것에 비하면 뒤의 범퍼가 살짝 찌그러진 것이 다였다.

"죄송합니다! 제가 아직 운전이 서툴러서……. 모든 것이 제 잘못입니다."

"괜찮습니다. 별거 아닌 것 같으니……."

범퍼를 보고 있는데 사고를 낸 운전자가 다가오며 말했다. 난 돌아서며 별거 아니니 범퍼값만 받겠다고 말하려다 운전자의 얼굴을 본 순간 그대로 얼어붙었다.

'신유리!'

사고 운전자는 신유리였다.

"몸은 괜찮으세요? 당장 병원에라도 가보시는 게 좋을 것 같은데……. 정말 죄송해요."

얼굴 가득 미안하다는 표정을 짓고 고개를 숙이는 신유리를 본다면 대부분의 남자들은 괜찮다고 답할 것이다.

"…괜찮습니다."

나 역시 마찬가지였다.

다만 나의 경우는 그녀의 미모에 반해서라기보단 갑작스런 그녀의 등장에 자꾸 굳어지는 표정을 숨기기 위해서였다.

"어, 어떻게 할까요? 경찰을 부를까요? 아니, 보험회사에 전화를 해야 하나요? 죄, 죄송해요. 제가 이런 것에 대해선 아무것도 몰라서……."

퇴근 시간 도로 한복판에 교통사고로 두 대의 차가 서 있으니 일대는 시간이 지날수록 정신이 없을 정도로 소란스러워졌다.

자동차 경적이 여기저기에서 들리자 신유리는 어찌해야 할 바를 몰라 하며 물었다.

"일단 차부터 한쪽으로 옮기죠."

신유리와의 뜬금없는 만남에 잠깐 놀라긴 했지만 차를 교통에 방해가 되지 않도록 한쪽으로 치우면서 정신을 차렸다.

'뭔가 작위적인 냄새가 나는데…….'

신유리는 꼼꼼하면서도 조심스러운 성격이었는데, 과거 운전을 할 때 앞차와의 거리를 너무 벌려서 옆에 앉아 있던 내가 몇 번이고 잔소리를 했을 정도이다.

물론 내 인생이 180도 달라졌듯이 그녀의 성격 또한 바뀌었을 수 있기에 확신할 순 없지만 사고 당시를 곰곰이 생각해 보니 더욱 의심이 갔다.

'안 그래도 어떻게 접근해야 하나 고민했는데…….'

고의든 아니든 오히려 고마워해야 할 상황이었다.

"제가 지금 약속에 늦어 보험사에서 나오길 기다리고 있을 수가 없습니다. 명함을 주시면 내일모레쯤 만나서 처리하는 것이 어떠신지……?"

"조, 좋아요. 한데 명함이 없는데……. 혹시 매니저 명함을 드려도 될까요?"

"매니저 명함이요?"

"절대 다른 의도가 있어서 그런 건 아니에요. 김철 씨는 모르겠지만 저도 배우예요."

"아, 그래요? 제가 워낙 연예계 생활이 짧다 보니 못 알아봤습니다."

"몇 편의 드라마와 영화에 나왔지만 워낙 짧게 나와서⋯⋯. 못 알아보는 게 당연해요."

"선배님이셨군요. 정식으로 인사하죠. 김철입니다."

"선배는 무슨⋯⋯. 신유리예요."

"반갑습니다, 신유리 씨. 오늘 일은 없던 일로 하고 다음엔 좀 더 좋은 일로 만났으면 합니다."

"네에?"

"별것 아닌데 같은 동료끼리 따지기도 뭐하니 그냥 없던 일로 하자고요."

정말 우연히 일어난 사고라면 신유리는 내 말에 기뻐할 것이다.

하지만 어떤 의도가 있어 고의적으로 했다면⋯⋯?

"아, 아니에요! 그래선 안 돼요! 아무리 동료라고 해도 지킬 건 지켜야죠."

"괜찮은데⋯⋯."

"제 마음이 편치가 않아요. 그러니 꼭 연락 주세요."

신유리는 순간적으로 사고를 일으켰을 때보다 더 당황해하는 표정을 지었고, 난 그 모습을 놓치지 않았다.

"하하! 빚지고는 못 사는 성격이시군요. 알았어요. 내일은 할 일이 있으니 모레 연락드리죠. 됐나요?"

"네……."

"유리 씨, 참 재미난 사람 같아요. 내일모레 직접 볼 수 있으면 좋겠군요."

아주 약간의 여지를 남겨두고 돌아섰다.

만나는 순간부터 머리를 가득 채우던 사악한 생각들을 실현시키기 위한 친절함이었다.

"설마하니 민종수가 나에게 접근해 올 줄이야."

차에 오른 난 비릿한 웃음을 지으며 중얼거렸다.

신유리가 개인적으로 접근해 왔을 가능성은 아마도 전무하다고 보는 것이 맞을 것이다.

고등학교 때의 친구가 그리워서 접근한 것이라면 좋겠지만 그놈이 그리 감상적이라 생각하진 않았다.

"어떤 의도로 접근했는지는 몰라도 귀찮음을 덜어준 보답으로 일단은 지켜봐 줄게. 후후!"

어떤 생일 선물보다 좋은 선물을 받은 것 같아 기분이 무척 좋았다.

*　　　*　　　*

김철이 탄 차가 떠나는 모습을 보던 신유리는 시야에서 차가 완전히 사라지자 온몸의 기운이 빠진 듯 차에 몸을 기댔다.

"휴우~ 두 번 다신 못하겠어."

남자 친구이자 소속사의 사장인 민종수의 간절한 부탁이
아니었다면 절대 하지 않을 일이다.

사고 당시를 생각하자 의지완 상관없이 몸이 마구 떨려왔기
에 차에 올라 눈을 감고 마음을 진정시키려 노력했다.

아마 민종수에게 전화가 오지 않았다면 몇 시간이고 그렇
게 있었을 것이다.

—어떻게 됐어?

"…괜찮은지 먼저 물어야 하는 거 아냐?"

다짜고짜 결과부터 물으니 서운한 마음이 들었다.

—어디 다치기라도 했어?

"그건 아니지만… 아니다. 네 말대로 했어. 모레 연락해서
처리하기로 했어."

그의 단점이 자기중심적이고 다른 사람의 말을 잘 듣지 않
는다는 것을 알기에 신유리는 더 이상 불평을 하지 못했다.

—잘했어. 혹시 일찍 전화 오면 나에게 바로 말해주고. 가
급적이면 만나자고 해서 친해지도록 해봐.

"꼭 그래야 해? 고등학교 친구라며? 그냥 만나면 되는 거
아냐?"

—마지막에 조금 껄끄럽게 헤어져서 극적으로 만날 필요가
있다고 했잖아.

"직접 보니 꽤 착한 것 같던데……."

"네가 몰라서 그래. 그 녀석, 얼마나 영악한데. 학교에서 일 진이었는데, 그걸 아는 사람이 같이 다니던 두세 명밖에 되지 않았어."

믿기 어려운 말이었지만 애인이 허튼소리를 하진 않을 거란 생각에 의문을 덮었다.

"네 말대로 할게."

—당연히 그래야지. 언제 들어올 거야? 오늘 고생했으니 약속대로 내가 가방 쏠게.

"마음 진정시킬 겸 쉴래."

—그럼 그렇게 해. 녀석에게 연락 오면 잊지 말고 나에게 연락하고. 내일 보자.

민종수는 전화를 끊었고, 그녀는 끊긴 전화기를 바라보며 중얼거렸다.

"…가방 때문에 한 일이 아냐."

영원한 사랑은 소설에서나 나오는 건지 만난 지 3년이 된 지금 사랑은 점차 식어가고 있었다.

처음 만났을 때 남자답게 보이던 모습이 독선적으로 보이고, 유머러스하던 모습이 가볍게 보이고, 아낌없이 퍼주던 모습이 애정 없이 모든 걸 돈으로 해결하는 것처럼 보였다.

신유리는 이렇게 된 것이 그의 탓이라고만 생각하진 않았다.

수동적으로 받기만 하던 자신의 모습을 돌아보고 좀 더 적

극적이고 민종수에게 도움을 줄 수 있는 사람으로 거듭나 관계를 개선하고 싶었다.

그래서 하기 싫던 이번 일까지 수락한 것이다. 한데 그런 마음을 상대방이 받아주지 않으면 말짱 헛일임을 알게 되었다.

"에휴~ 오늘은 일단 쉬자."

신유리는 조만간 그와 진지하게 얘기를 한 번쯤 해야겠다는 생각을 하면서 시동을 걸었다.

"예전에 말한 유리라는 애냐?"

삼촌 민호준은 다소 의외라는 듯이 전화를 끊는 민종수를 보며 물었고, 평소 나이 어린 삼촌과 허물없이 지내던 그는 담배를 빼어 물곤 답했다.

"예, 삼촌."

"이번엔 꽤 오래가는 것 같다? 보통 6개월이면 바꿔 치우던 네가 웬일이냐?"

"마냥 뭔가 해주길 바라는 다른 애들이랑 좀 다르거든요."

"오! 결혼이라도 할 생각이냐?"

"그럴 리가요. 사귀는 거야 상관없지만 결혼은 수준에 맞는 사람과 해야죠."

"하하하핫! 그야 그렇지."

"한데 삼촌, 녀석이 정말 막대한 유산을 상속 받는 것 확실해요? 고등학교 때 저한테 빌붙어 살던 녀석이었어요. 걔 아

버지가 깡패였다는 얘기도 얼핏 들은 것 같긴 한데, 부자라는
얘긴 없었어요."

"우당에서 일하는 친구가 말해준 것이니 확실해. 넌 모르겠
지만 올해 초에 갑자기 새로운 재단 이사장이 온다는 소식에
그쪽 재단 이사회가 난리도 아니었거든. 이십 년 가까이 이름
밖에 없던 5조 원 재단의 주인이 나타난다니 당연한 일이지.
게다가 개인 재산도 1조 원 가까이 된다더구나."

이미 이주 전에 들은 얘기였기에 민종수는 담담했다.

"알아보신다는 건요?

"녀석, 깐깐하긴."

"깐깐한 게 아니라 지금까지 쓴 돈이야 제 권한으로도 가능
했지만 더 쓰려면 아버지의 허락을 받아야 해요. 삼촌도 아버
지 성격 아시잖아요."

"험, 너무나도 잘 알지. 조사해 온 거 여기 있다."

민종수는 민호준이 건네는 서류를 받아 훑어봤다.

"우당의 현 재단 이사장이 김유성이군요?"

"응, 김철의 아버지야. 뒤에 등본을 보면 두 사람의 관계를
알 수 있어."

서류를 뒤척이던 민종수는 우당의 재단 이사장인 김유성이
김철의 아버지와 주민등록번호가 일치함을 확인할 수 있었다.

"사실이었군요?"

"김철의 이름으로 된 건물의 등기부 등본도 봐라. 자잘한

것은 뺐는데도 어마어마하다."

"쯔읍~ 아버지 재산이 세 건물 중 한 채의 가격보다 못하
군요."

고등학교 때 김철에게 싸움에 대한 열등감이 있었지만 돈
이 많다는 것으로 그 열등감을 이겨냈다. 한데 돈마저도 자신
과 비교도 안 되게 많다고 생각하니 문득 자존심이 상했다.

민호준은 그의 마음을 알아챘는지 달콤한 위로를 건넸다.

"돈이 많아도 지키지 못하면 말짱 헛일 아니겠어? 계획만
잘 세우면 그 돈이 모두 네 것이 될 수도 있어. 안 그래?"

"과연 그렇게 될까요?

"물론. 벼락부자일수록 유혹에 약한 법이지. 너도 그저 김
철과 자연스럽게 만나자고 별것 아닌 배우와 2억이나 주고 계
약한 것은 아니잖아?"

"그야 당연하죠."

2주 전에 김철에 대한 얘기를 듣고 혹시나 하는 마음에 몇
가지 계획을 세워둔 상태였다.

"유혹하는 건 제가 할 테니 삼촌은 의심 사지 않게 준비나
잘해두세요."

"할 생각이냐? 그래, 잘 생각했다. 10분의 1만 먹어도 평생
호의호식하면서 살 수 있을 텐데 놓치는 게 바보지."

민호준은 반색을 하며 말했고, 민종수는 그의 말을 듣는
둥 마는 둥 하며 자리에서 일어나 창가로 걸음을 옮겼다.

'10분의 1? 아니, 놈이 가진 전부를 내 것으로 만들고 말겠어!'

새로운 담배에 불을 붙이는 민종수의 눈은 욕심으로 번들거리고 있었다.

＊　　　＊　　　＊

"오래 기다리셨죠?"

"오, 왔냐? 괜찮으니 얼른 앉아라."

신유리와의 접촉 사고로 약속 시간에 20분 넘게 늦었지만 최상철은 별로 개의치 않는 듯 밝은 표정으로 자리를 권했다.

"좋은 일 있으세요?"

갑자기 술을 먹자며 약속을 잡은 것이나 평소와 달리 만면에 웃음이 가득한 것이 기분이 상당이 고조되어 있었다.

"티 많이 나냐?"

"조금요."

"크흐흐흐! 그럴 일이 있지."

"뭔데요?"

최상철은 건배를 하고 단숨에 마시고 나서야 얘기를 꺼냈다.

"나, 소속사 생겼다."

"에헤? 정말요? 제가 권할 땐 소속되는 거 싫다고 했잖아요?"

최상철은 지금까지 소속사는 물론 매니저도 없이 홀로 일을 하고 있었다.

그런 모습이 안쓰러워 두 달 전쯤에 KC엔터테인먼트로 들어오라고 넌지시 말했는데 일언지하에 거절했다.

한데 그런 그가 소속사를 구했다니 의아할 수밖에 없었다.

"동정 같아서 싫었다."

"동정이 아니었습니다. 형의 가능성을 보고……."

사실 그가 미래에 성공할지 못할지에 대해선 몰랐다. 그리고 그의 말처럼 약간의 동정심이 없었다고 한다면 거짓일 것이다.

하지만 정말 그랬다고는 말할 수 없었다.

"네가 그랬다는 게 아니라 내 자신이 그렇게 느껴져서 싫은 것뿐이다. 이해하지?"

"…네."

"그리고 친한 사람끼린 같이 일해 봐야 좋은 꼴 못 보는 법이다."

"기분 안 상했으니 그만하셔도 돼요. 근데 조건은 괜찮아요?"

"흐흐흐! 얼마나 될 것 같냐?"

"웃음소리를 들어보니 꽤 되나 보네요."

"5년에 두 장! 비율은 7 대 3. 꽤 괜찮은 계약 아니냐?"

괜찮은 정도가 아니라 훌륭한 계약이었다.

사실 난 그에게 5,000만 원에 7 대 3을 제시했었다.

아마 최상철이 현재 벌고 있는 연봉이 1억에 못 미칠 것이다. 한데 계약금과 계약 조건이 말한 대로라면 회사는 손해를 보는 것이다.

특히 매니저 비용과 부대비용까지 생각한다면 더욱더 손해
는 커질 것이 분명했다.

'상철이 형에게서 가능성을 봤겠지.'

내가 그에게서 못 본 것을 다른 회사에선 봤나 보다.

"축하해요, 형. 우리 회사랑 계약했으면 오히려 손해 볼 뻔
했네요."

"아냐. 너희 회사에서 어느 정도 제안을 받았는지 은근슬
쩍 흘려서 그렇게 줬는지도 몰라. 어쨌든 오늘 계약금 들어왔
으니까 내가 쏜다. 먹고 싶은 거 있으면 마음껏 먹어."

"그럼 오늘 허리띠를 풀어도 되는 겁니까?"

"물론이지!"

"좋은 데도 갑니까?"

고조된 기분을 더욱 좋게 만드는 건 맞장구 아니겠는가. 딱
히 가고 싶은 것은 아니었지만 괜스레 새끼손가락을 들며 음
흉한 표정으로 말했다.

"흐흐~ 자식, 밝히기는. 이제 그런 곳은 졸업할 때도 되지
않았냐?"

"평생 낙제생으로 남을 생각인데요."

"흐하하핫! 그래, 맞다. 그 좋은 걸 왜 졸업하겠냐. 한데 오
늘은 곤란하니 다음에 가자. 소속사 후배들이 오기로 했거든."

"그렇다면 어쩔 수 없죠. 한데 소속사 후배들과 꽤 빨리 친

해졌네요?"

"배우 지망생들인데 어찌나 오빠, 오빠 하면서 따르는지, 부처도 녹겠더라. 오늘 너 만난다고 하니 꼭 불러달라고 부탁하더라. 괜찮지?"

문득 이상한 생각이 들었다.

비약일 수 있겠지만 소속사가 없던 그가 갑자기 계약을 했다는 것이 우연이 아닌 것 같았다.

"…상관없어요. 한데 형, 소속사가 어디예요?"

"유명하지 않은 곳이야. 하지만 머지않아 이름을 떨칠 곳이지."

난 그가 말해주는 걸 기다리지 못하고 말했다.

"혹시 미래?"

'미래'는 민종수가 운영하는 연예기획사이다.

"어? 니가 그걸 어떻게 알았냐?"

"아! 요즘 업계에서 공격적으로 배우들을 영입한다는 소문이 있어서요."

최상철의 표정이 살짝 굳어졌기에 재빨리 변명했다.

"그래? 난 또……. 사장이 젊어서 그런지 꽤 의욕적이더라고. 아무튼 후배들 오면 잘해줘라."

"네, 네, A급 여배우로 대하겠습니다."

최상철의 말에 답을 하면서도 민종수에 대한 생각을 하지 않을 수 없었다.

'이로써 민종수가 고등학교 때의 친구로서 만나려는 것이 아님이 확실해졌군.'

지금까지 몇 번이고 내 인생이 바뀌었듯이 민종수의 인생 또한 여러 번 바뀌었다.

그 말은 그가 과거에 내가 알고 있던 사람이 아닐 수도 있다는 것이다.

당한 일을 생각하면 수십 배로 돌려줘야 마땅하지만 그가 과거와는 다른 사람이 되어 있다면 생각을 달리할 수밖에 없었다.

한데 지금 보니 딱히 달라진 것이 없어 보였다.

'뭘 하려는 건지 몰라도 일단은 네가 움직이는 대로 따라가 줄게.'

접근해 오겠다는데 막는 것은 바보 같은 짓이었다.

"어련히 알아서 하겠지만 애들이 아르바이트 삼아 내레이터 모델 한다고 쉽게 보면 안 된다."

"직업이나 복장으로 사람을 판단하진 않으니 걱정 마세요."

청순해 보이는 여자가 섹스 중독인 경우도 있었고, 쉬울 것 같은 여자가 정조 관념이 투철한 경우도 있었다.

사람에 따라 다른 것이지, 결코 외적인 것으로 사람을 판단할 수 없다는 것이 내 생각이다.

하지만 잠시 후, 최상철의 후배들이 왔는데 오해(?)하지 않을 수가 없었다.

'이거, 술집에서 일하는 애들 옷이라도 빌려온 거냐?'

대놓고 유혹하러 온 듯한 복장에 난 잠시 할 말을 잃었다.

"참, 가슴이 큰 쪽은 니 형수가 될 수도 있으니 넘보지 마라."

"……."

나보다 오히려 최상철이 그녀들을 더 쉽게 보고 있는 것 같은 기분은 착각일까?

제11장

우당

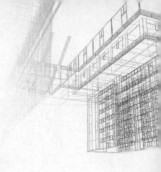

생일이라고 새벽까지 술을 먹다 보니 매일같이 하던 운동은 고사하고 10시가 넘어서야 겨우 눈을 떴다.

"…근데 앤 누구지?"

옆에 하얀 어깨를 드러낸 채 엎드려 자고 있는 여자가 있는데 누구인지, 언제 침실까지 데리고 왔는지 기억이 나지 않았다.

코까지 골며 곤히 자는 여자를 깨우긴 싫었지만 11시에 중요한 일이 생길 예정이기에 서둘러야 했다.

바닥 여기저기에 흩어져 있는 옷을 찾아 입었다. 그리고 여자의 속옷을 챙긴 난 여자를 깨웠다.

"우웅~"

깨우는 것이 싫은 건지, 아침 햇살 때문인지 여자는 칭얼거리는 소리를 내며 돌아누웠다.

"윤주? 니가 왜 여기에 있냐?"

걸 그룹 데뷔를 준비 중인 윤주였다.

어제 회사 사람들이 아닌 영화 대도의 배우, 스태프들과 술을 마셨는데 뜬금없는 윤주가 침대에 있어 놀라 물었다.

"아, 깨, 깨셨어요?"

내 목소리에 깬 윤주는 이불로 끌어당기며 몸을 일으켰다.

"혹시 내가 술에 취해서 전화한 거냐?"

"아뇨."

"그럼?"

"미나 언니가 사장님을 모시라고 보냈어요. 어제 문 앞에서 들어오라고 한 기억 안 나세요?"

"…그랬냐?"

듣고 보니 문 앞에 쪼그리고 앉아 기다리고 있던 그녀의 모습이 어렴풋이 떠올랐다.

'쯧! 쓸데없는 짓을 하다니……'

미나가 걸 그룹의 멤버가 되게 해준 보답이라도 해줄 생각이었나 본데, 결코 달갑지 않았다.

"이왕 벌어진 일이니 어쩔 수 없지만 다음부터는 이런 걸 요구하면 거절해. 나와 한 약속만 지키면 다른 사람 말 들을 필요 없이 자유롭게 행동해도 된다고 그때 말했잖아. 몰랐어?"

"…죄송합니다."

답답함에 목소리가 조금 커졌는지 윤주는 주눅이 들어 고개를 숙였다.

"휴우~ 네가 미안해할 일이 아냐. 술에 취해 정신을 차리지 못한 내가 미안하다. 돈으로 주는 건 이상하니까 보상은 나중에 해줄게."

"……."

내 말에 뭔가 마음이 들지 않았을까?

윤주는 서운한 표정을 지은 채 주섬주섬 옷을 입었다. 그 모습이 마음에 걸리긴 했지만 뭐 때문에 기분이 좋지 않은지 알 수가 없었기에 고개를 돌린 채 다 입기를 기다렸다.

"…갈게요."

"아침이라도 먹고 가라고 하고 싶지만 11시에 약속이 있어서 미안하다. 그리고 가서 미나한테 나에게 전화하라고 전해라."

"…미나 언니 잘못이 아니에요."

현관문 밖으로 나가려던 윤주가 중얼거렸다.

"응?"

"미나 언니가 권하긴 했지만 강요한 건 아니에요. 그저… 제가 오고 싶어서 온 거예요. 그러니 언니에게 뭐라 하진 말아주세요. 그리고 보상은 필요 없어요. 저도 어젯밤에 좋았거든요. 다시 한 번 생일 축하드려요, 사장님."

보상이라는 말에 기분이 상했나 보다.

윤주는 최대한 쌀쌀맞게 말하려 했지만 말투엔 섭섭함이 더 묻어나고 있었다.

"…그래, 고맙다. 조심히 들어가라."

그런 뜻에서 한 말이 아니라고 변명하려 했다. 하지만 그런다고 달라질 것은 없기에 작별을 고했다.

"쩝! 기분 좋은 날 시작이 영 안 좋군."

엄밀히 따지면 난 인간이 아닌 김철의 몸에 기생하는 정신체에 불과했다. 그러니 목표—대한민국의 미래를 바꾸는—를 이루기 위해서 인간적 도리 따위를 생각할 필요가 없었다.

한데 시간이 지날수록 점점 인간적으로 생각하는 경향이 있었다.

샤워를 하며 윤주에 관한 생각을 씻어낸 난 쓰린 속을 커피로 달래며 11시가 되기를 기다렸다.

삐삐! 삐삐! 딩동! 딩동!

11시가 되길 문 앞에서 기다렸는지 전화기의 알람이 울자마자 인터폰이 울렸다.

—김철 씨, 아버님의 유언을 전해드리러 왔습니다.

인터폰에 비친 얼굴은 허종욱이었다.

젊은 여자와 함께 들어온 허종욱은 흐르는 세월을 이기지 못해 흰머리와 주름이 생겼지만 과거보다 훨씬 무게감이 넘쳐 보였다.

"허종욱입니다."

반가웠지만 반가운 티는 내지 않았다.

"안녕하세요. 김철입니다. 11시 땡 하자마자 오시다니 시간이 될 때까지 기다리셨나 봐요?"

"시간 엄수도 유언이었거든요. 한데 저희가 찾아올 줄 알고 있었나 보군요?"

"어느 정도는요. 현관에서 이러지 마시고 안으로 들어가죠."

두 사람을 거실 소파로 안내했다.

"웬만한 차는 다 있는 것 같은데 무엇으로 드시겠습니까?"

상수는 집을 주면서 약속과 달리 작아졌다며 가구는 물론 작은 생활용품까지 가득 채워줬다.

"커피로 마시죠."

"저도 커피로 주세요."

석 잔의 커피를 따라서 그들의 맞은편에 앉았다.

허종욱이 커피를 한 모금 마시며 말했다.

"후룩! 저희가 올 줄 알았다면 왜 왔는지도 아시겠군요?"

내가 만든 계획을 내가 모를 리가 있을까마는 20년 동안 뭐가 어떻게 바뀌었는지 알고 싶었다.

"대충은 알지만 모른다고 생각하고 설명해 주시면 고맙겠습니다. 아, 그리고 큰아버지와 절친이시고 아버지께서 형님이라 불렀다고 들었습니다. 말씀 편하게 하십시오."

"사적인 자리라면 그러겠노라 하겠지만 오늘은 공적인 일로 온 것이니 지금처럼 하죠."

"편하신 대로 하십시오."

"일단은 선친의 장례식에 찾아가지 못한 점 사과드리겠습니다. 상속이 집행되기 전까진 절대 김철 씨와 만나지 말라는 말 때문에 알면서도 빈소에 가지 못했습니다."

"특이한 분이셨으니 충분히 이해합니다."

"고맙습니다. 그럼 이제는 유언이 되어버린 김철 씨 소유의 건물부터 말해드리죠. 서류를 드려요."

"네, 부이사장님."

여자가 가방에서 두툼한 서류 뭉치를 꺼내 그중 하나를 건넸다.

"첫 장을 보면 김철 씨의 이름으로 된 재산 내역이 나와 있습니다. 어제 날짜로 판다고 했을 시의 실거래가로 계산해서 작성했습니다."

"휘익! 숫자가 현실적이지 못하군요."

비자금을 이용해 달러와 금이 필요한 기업들에게 내 명의로 산 세 건물은 당시 시세로 대충 천억 원 정도였다. 한데 지금 스무 배가 훨씬 넘어 있었다.

"살 때 워낙 싸게 샀으니까요. 도장을 찍으면서 선친과 저에게 날강도라며 욕을 엄청 했었죠. 그리고 거기서 나오는 이익금을 대부분 부동산에 재투자했으니 당연한 결과입니다."

"하하! 그랬… 군요. 어쨌든 고생하셨네요."

그날 일이 생각나 하마터면 '그랬었죠'라고 답할 뻔했다.

"수수료를 다 챙겼는데 고생은요. 관련 서류는 은행 비밀 금고에 넣어뒀으니 언제든 찾을 수 있을 겁니다."

"예, 이건 이 정도로 보고, 다음으로 넘어가죠."

"……."

재산 목록 서류를 한쪽으로 치우자 허종욱은 묘한 표정을 지었다.

"왜요?"

"아, 아뇨, 막대한 재산이 생겼는데 너무 담담해 보여서……."

"기쁩니다. 춤이라도 출까요?"

난 웃는 얼굴로 장난스럽게 양손을 흔들며 춤을 추는 흉내를 냈다.

허종욱이 워낙 무뚝뚝하게 있어 웃겨보려는 행동이었으나 정작 웃음은 그가 아닌 옆에 있던 여자에게서 터져 나왔다.

"풉! 죄, 죄송합니다."

"…아버지와 얼굴만 닮은 건 아니었군요. 기쁘다니 다음 건으로 넘어가죠. 선친은 개인적인 재산뿐만 아니라 관리해야 할 재산도 남겼습니다. 우당이라는 재단으로, 서류를 보시면서 얘기를 나누죠."

내 재산 서류완 비교도 안 될 만큼의 서류 더미가 내 앞에 놓여졌다.

"이걸 전부 다 보라는 말씀은 아니시죠?"

"오늘이 아니더라도 모두 알아두면 좋을 내용들로만 간추린 겁니다."

"…간추린다는 뜻을 곡해하시는 것 같은데요?"

"재단 이사장실에 가면 제 말을 이해할 겁니다."

그의 말에 왠지 재단이사장을 하기가 싫어졌다. 하지만 이어지는 그의 말에 투덜대는 걸 멈추고 서류를 들여다볼 수밖에 없었다.

"사람과 관련된 일입니다. 그리고 그 사람들은 우리나라를 위해 모든 걸 바친 이들이었습니다. 그런 분들을 위한 일인데 허투루 할 수는 없는 법이죠."

"반박을 할 수 없게 만드시는군요. 근데 제 개인 재산에 비해 재단의 재산은 시세를 감안한다면 거의 늘지 않았군요?"

개인 재산은 기대 이상으로 늘은 것에 비해 재단 재산은 예상 치에 미치지 못했다.

'이런, 재단의 지출이 내가 정해준 비율보다 훨씬 높았잖아!'

허종욱이 대답하기 전에 서류에서 이유를 찾아낼 수 있었다.

수입의 50퍼센트만 사업비로 지출하고 50퍼센트는 새로운 건물과 땅을 구입하라고 말해두었는데, 80퍼센트가 넘게 지출되고 있었다.

"그건… 제 판단 착오였습니다. 불확실한 부동산에 돈을 묵혀두는 것보단 사람들을 돕는 것이 우선이라고 생각해 선친께서 정해주신 비율을 어겼습니다. 하지만 지금 와서 보면 이사장님의 예상이 정확하셨습니다. 그의 말을 따랐다면 재단은 분명 지금보단 배는 넘게 성장했을 겁니다."

허종욱은 착잡한 표정으로 자신의 잘못을 인정했다.

"이 일에 대해선 제가 책임지고……."

"삼촌이 책임질 일은 아니잖아요. 투자를 했다고 해서 배는 넘게 벌었을 것이라는 건 추측일 뿐이에요."

"네가 나설 자리가 아냐. 그리고 지금은 공적인 자리라는 걸 잊지 마라."

"예, 말씀대로 공사는 구분하죠, 부이사장님. 하지만 할 말은 해야겠어요. 도대체 우당이 뭘 하는 곳인가요? 독립운동가와 그 후손들을 돕는 단체 아닌가요? 한데 왜 사람들은 언제나 이익을 가장 중요시하죠? 차라리 그럴 거라면 회사를 차리지 왜 재단을 만든 거예요? 안 그래요?"

두 사람 간의 불똥이 나에게로 튀었다.

물론 의도하지는 않았지만 불을 지핀 것은 나였으니 억울하진 않았다.

"저 역시 그렇게 생각합니다."

"에?"

너무 순순히 수긍해서일까, 여자는 자신이 물어놓고 놀란 표정을 지었다.

"당신의 말에 동의한다고요. 재단의 재산이 늘지 않았다는 건 그만큼 많은 사람을 도왔다는 얘기. 그걸 탓해서는 안 되겠죠."

"…정말이요?

"네. 제가 의문을 표한 건 들은 것과 달라서일 뿐이지 탓하려는 게 아닙니다. 무엇보다도 아버지께서 부이사장님 말씀은 팥으로 메주를 쑨다고 해도 믿으라 하셨기에 그럴 생각이고요."

20년간 수조 원의 돈을 묵묵히 지켜오다가 전해주는 허종욱을 믿지 못한다면 누굴 믿을 수 있을까.

"…제가 주제넘게 나선 것 같네요. 기분이 상했다면 용서하시길 바랍니다."

"아닙니다. 조카가 삼촌을 위해 한마디 한 걸로 기분이 상할 만큼 옹졸하진 않습니다. 이젠 돈 얘기는 그만하고 다른 얘기로 넘어가죠."

필요하다면 과거로 가서 절대로 비율을 지키라고 강조하면 되는 일이었다. 그러나 돈은 지금으로도 충분하다 못해 넘쳐났다.

"그러죠. 일단 우당에 대해서 간단히 말씀드리죠. 저희 우당은 1989년 선친께서 설립한 곳으로……."

우당의 이십여 년의 세월을 설명하는 허종욱은 감회가 새로운지 이따금 아련한 표정을 지었다. 하지만 말미엔 본래의 단호한 얼굴보다 더 굳은 얼굴로 입을 열었다.

"김철 씨는 내일부터 이런 우당의 수장이 되는 겁니다. 200명의 직원, 수천 명의 독립운동가와 그 가족들을 책임지는 자리이며, 그들을 대표하는 얼굴이 되는 자리이기도 합니다."

"어깨가 무겁군요."

예의상 한 말이다.

미래를 바꾸는 것 하나만 해도 충분히 벅찼다. 한데 다른 사람들까지 책임지라고? 절대 사양이다.

그런데 허종욱은 한술 더 떴다.

"당연히 그래야 합니다. 그리고 그러기 위해선 지금까지완 다르게 살아야 할 겁니다."

"…그 말씀은 마치 제가 그동안 잘못 살아왔다는 말처럼 들리는군요."

"일반적이진 않았죠."

"특별하지도 않았습니다만."

"남들이 볼 때는 충분히 특별합니다."

마치 나의 과거를 모두 알고 있다는 듯한 태도와 말투였다.

난 불쾌한 감정을 감추지 않고 물었다.

"뒷조사를 하신 겁니까?"

"뒷조사가 아니라 혹시 있을지 모를 일을 대비하기 위함이었습니다. 누구라도 탐낼 만큼 어마어마한 재산의 상속자이니까요. 다만 제가 우려하던 일이 일어날 만큼 약한 분은 아니라는 걸 진즉에 알았습니다마는… 다른 의미에서 걱정이 되어 계속 지켜보게 했습니다."

"…감시자가 소문을 낼 것이라곤 생각하지 못하셨습니까?"

"믿을 만한 사람입니다."

"단언하시는 걸 보니 신임이 두터운 사람인가 보군요? 가능하다면 그 사람이 누구인지 알 수 있을까요?"

누군가가 나의 약점이 될 만한 과거를 알기 원하지 않았다.

'어디까지 아는지 알아봐야겠지만 혹여 말이 통하지 않는 상대라면……'

속으로는 잔혹한 생각을 하면서도 겉으로는 그저 궁금해서 묻는다는 표정을 지었다.

"숨길 이유가 없죠. 지금까지 김철 씨를 살펴보고 있던 이는 바로 제 조카인 허진경입니다."

"이제야 정식으로 인사를 드리네요. 허진경이에요. 제가 싫지 않으시다면 앞으로 비서가 되어 이사장님을 보필하게 될 거예요."

"…그렇습니까? 잘 부탁드립니다."

나에 대해 잘 알고 있다는 생각 때문일까? 웃고 있는 그녀의 모습이 순수해 보이지만은 않았다.

*　　　　*　　　　*

회사 자금운용팀의 보고를 듣던 류성은은 머리가 아파옴을 느끼곤 길고 가느다란 손으로 관자놀이를 매만졌다.

"…1/4분기만 보더라도 1,000퍼센트라는 놀랄 만한 수익률을 달성했고, 지금처럼만 2/4분기에 계속된다면 얼마나 높은 수익을 거둘지는……. 사장님, 어디 불편하십니까?"

"아! 아, 아녜요. 계속하세요."

그녀가 자세를 바로 하자 보고는 다시 시작되었다. 그러나 류성은 눈만 보고자를 향해 있을 뿐 정신은 다른 곳에 가 있었다.

'정말 그의 말대로 될 줄이야. 설마 진짜로 미래를 볼 수 있는 건가? 아냐, 말도 안 돼!'

장난기 가득한 얼굴로 작년 말부터 올해 초까지 주식시장의 변화에 대해 말하던 김철을 생각하자 우연의 일치라는 생각밖에 들지 않았다.

어찌 보면 두루뭉술한 예언이었다.

하지만 노스트라다무스처럼 허무맹랑한 문장으로 된 것이 아니라 언제 주식이 떨어지고 언제 오른다고 말했고, 그대로 실현되었다는 건 의심할 여지가 없었다.

게다가 대수롭지 않게 생각하던 그의 말이 작년 연말까지 그대로 이루어지는 것을 보고 혹시나 싶어 한 투자가 큰 이익으로 돌아왔으니 완전히 우연의 일치라고 말하기엔 무리가 있었다.

'하여간 그 인간, 꽤나 신경 쓰이게 만든다니까.'

가장 친한 친구의 남자 친구라고 소개 받던 날부터나 묘하게 사람의 신경을 거슬리게 만들었다.

그러다 최정연과 헤어지고 더 이상 안 보나 싶었는데 갑자기 생명의 은인이자 사부의 아들이라며 나타난 것이다.

물론 몸서리치게 싫은 것은 아니었다.

사람의 마음을 읽는 능력을 가진 그녀가 봤을 때 보기 드물게 겉과 속이 다르지 않았고, 누구나 어려워하는 자신에게 먼저 친하게 다가와준 사람이었다.

무엇보다도 함께 있으면 평소의 류성은 자신과는 다른 모습을 나오게 만드는 재주가 있었다.

단지 자신에 대해 아주 잘 알고 있는 듯한 눈빛과 말투가 묘하게 신경을 거슬리게 할 뿐이었다.

"한데 사장님께서 말씀해 주신 정보가 이번 달 말까지라는 것이… 혹시 새로운 정보가 있으시다면 더 좋은 결과를 낼 수 있을 것 같은데……."

보고가 끝나자 자금운용팀장이 조심스럽게 얘기했다.

"더 이상의 정보는 없어요."

"아, 그렇습니까? 알겠습니다."

자금운영팀장은 무척 아쉽다는 듯 말을 토해냈다.

'당신만 아까운 게 아니라고.'

류성은의 입장에서도 더 많은 미래의 주가 정보가 있었으면 했다.

김철은 거저 주식시장의 등락에 대해 이야기한 것에 불과했지만 회사를 경영하는 류성은에게는 엄청난 보물이었다.

한국 경제는 세계 경제, 특히 미국과 중국 경제의 영향을 많이 받았는데, 우리나라 주식의 등락은 곧 두 나라 경제에 어떤 변화가 있음을 말해주는 것이나 다름없었다.

즉 주식시장의 등락 폭을 통해 미국이 언제 금리를 인하, 혹은 인상할지, 언제 경제 활성화 정책을 발표할지 등을 유추할 수 있었고, 그를 이용해 상당한 이익을 거둘 수 있었다.

하지만 거기까지였다.

돈은 벌었지만 미래의 동력이 될 일에 대해선 여전히 지지부진했다. 창천그룹의 후계자가 되기 위해선 주식이 아닌 사업으로 성장을 이뤄내야 했다.

만일 김철이 정말 미래를 볼 수 있고, 다시 한 번 물을 기회가 온다면 이번엔 주식 정보가 아닌 회사의 미래에 관해 물을 것이다.

'하아~ 내가 점점 미쳐가나 보다.'

불확실한 것에 확실한 것을 거는 것은 도박이다.

생각을 지운 류성은이 말했다.

"앞으로는 자금운영팀 스스로가 지금과 같은 결과를 만들어야 하지 않겠어요?"

정보를 알려주고 그 정보에 따라 투자한다면 자금운영팀이 왜 필요하냐는 뜻이 담긴 말이다.

"…그, 그렇습니다. 더욱 노력해 좋은 결과를 보여드리겠습니다."

자금운영팀장은 회사 생활 20년이 넘은 사람이라 그런지 그녀의 말에 담긴 진의를 알아챘다.

"일단 이익금은 재무팀으로 넘기고 처음 투자했던 금액으로 다시 시작해 봐요."

정보가 없는 이상 불확실한 주식시장에 많은 돈을 투자하는 건 바보 같은 짓이었다.

"휴우~"

자금운영팀장이 나가자 류성은은 의자에 몸을 기대며 한숨을 토해냈다.

거의 매일같이 아침 7시에 출근해서 밤 8시가 될 때까지 갖가지 회의와 업무로 시간을 보내다 보니 아무리 튼튼한 그녀라도 버거웠다.

특히 정신적으로는 한계에 이르렀다고 할 만큼 지쳐 있었다.

"그래도 선택권이 없던 과거보단 나으니까."

가장 최악이던 때와 비교하니 현재의 힘듦이 조금 덜어지는 듯했다.

오늘은 그녀의 유일한 친구와 술 약속이 있는 날이었기에 힘차게 자리에서 일어났다.

평소 자주 만나던 약속 장소로 가자 최정연은 이미 와서 기다리고 있었다.

한데 이른 시간임에도 불구하고 상당히 취한 상태였고, 웬 낯익은 남성이 자신이 앉을 자리에 앉아 있었다.

"내가 생각나서 부른 거 아냐? 근데 술만 먹고 가라는 거야?"

"응, 가."

술잔을 만지작거리던 최정연은 그의 눈도 보지 않고 대답했다.

"그러지 말고 오랜만에 만났는데 술 한잔 더하고 좋은 데 가자."

"좋은 데 어디?"

"에이, 있잖아. 너희 집이 곤란하면 우리 집으로 가도 되고."

"훗! 됐다. 신세계를 봤는데 추억을 아무리 아름답게 포장해 봐야 만족할 리가 없지."

"…무슨 말이야?"

"그만 꺼지란 소리야!"

더 이상 내버려 두면 최정연의 입에서 무슨 말이 나올지 몰랐기에 듣고만 있던 류성은이 나섰다.

아무리 비밀이 잘 지켜지는 공간이라고 해도 남자의 목소리가 다소 컸다. 그리고 주변에서 연신 흘낏거리는 사람들의 입마저 막을 수는 없는 법이다.

"누가……!"

남의 일에 신경 끄라고 말하려던 남자는 류성은의 얼굴을 보곤 얼음처럼 굳었다.

과거에 최정연과 헤어지지 않으려다 류성은에게 혼쭐이 난 기억 때문이다.

"저, 정연이가 불러서 나왔을 뿐입니다. 안 그래도 지금 가려던 참이라……. 정연아, 나중에 보자. 꼭 연락해라."

조금 전까지 끈덕지게 매달리던 이가 맞나 싶을 정도로 후다닥 일어나 나가 버렸다.

"풉! 도대체 그때 어떻게 했길래 쟤가 저래?

"그냥 말로 잘 설득했지. 조용히 헤어지라고."

"핏! 니가 잘도 그랬겠다. 어쩐지 끈질긴 애가 웬일로 조용히 떨어지나 했더니 네가 나섰구나?"

"미안. 근데 끈질긴 걸 알면서 왜 다시 만난 건데?"

"워낙 쿨하게 떨어지는 놈 때문에 남자가 나에게 매달리는 모습을 보고 싶었거든. 근데 진짜 별로다. 배고프다. 밥 먹자."

최정연은 더 이상 얘기하기 귀찮다는 듯 화제를 돌렸고, 류성은은 그녀의 상태를 알기에 메뉴판을 들어 저녁을 골랐다.

저녁을 먹으며 평소처럼 패션과 연예계의 재미있는 뒷얘기를 말하던 최정연은 반주로 먹던 와인이 비어갈 때쯤 또다시 김철의 얘기를 꺼냈다.

"정말이지, 결혼까지 생각한 사람은 그가 처음이었는데……."

레퍼토리의 시작은 매번 같았다. 그리고 내용 또한 크게 다르지 않다는 걸 알고 있었다.

기껏해야 몇 개월.

만난 횟수를 따진다면 스무 번이 겨우 넘는 남녀 사이에 무슨 일이 얼마나 있었겠는가.

한데 자주 들어 지겨울 법도 한데 류성은은 그런 그녀의 말을 처음 듣는다는 듯 고개를 끄덕이며 들어줬다. 그것이 연애 경험이 전무한 그녀가 해줄 수 있는 전부였다.

지금까지는 말이다.

"연락을 해보지 그래?"

얼마 전 김철이 만나던 러시아 모델이 자국으로 돌아가면서 그가 지금 혼자가 되었기에 한 소리였다. 만일 그가 여자를 만나고 있다면 절대로 지금처럼 말하지는 않았을 것이다.

"…받아줄까?"

"칫! 제까짓 게 다시 만나준다면 감지덕지해야지. 안 그래? 천하의 최정연이 만나자는데 거부할 남자가 얼마나 되겠어?"

류성은은 다소 과장되게 말하며 최정연의 기분을 북돋으려 했다.

그러나 최정연은 쓸쓸하게 웃으며 말했다.

"글쎄……. 생일 선물을 보냈는데 부담스럽다며 다시 가져가라고 했대."

"…네가 보냈다는 걸 알고서도 거부했다고?"

"그것까진 모르겠지만 짐작은 했을 거야."

"그 남자, 내가 봤을 땐 그리 섬세하지 않아. 아마 팬의 선물이라고 생각했을걸. 그러니 부담스러워서 거부했을 거야."

"그럴까?"

"응, 확실해. 근데 지금처럼 못 잊을 거라면 차라리 그때 스캔들이 나더라고 사귀는 걸 인정하는 게 좋지 않았어?"

딱히 답을 바라고 던진 질문은 아니었다.

너무 안쓰러워 몇 번 같은 질문을 했는데 최정연은 그때마다 대답을 회피하며 화제를 돌렸다.

한데 오늘은 달랐다.

"김철은 절대 안 된대."

"부모님이?"

류성은은 꽤 놀란 표정으로 되물었다.

그럴 만한 것이, 그녀의 부모님들은 외국에서 오랫동안 공부를 해서인지 서구적인 마인드가 강했다. 그래서 최정연이 무엇을 한다고 해도 절대로 간섭할 분들이 아니었다.

"아니, 할아버지께서."

"너희 할아버지께서? 그분도 누굴 만나던 신경 쓰지 않으셨잖아?"

"지금까진 그러셨지. 한데 너도 알지? 우리 할아버지가 일제강점기 때 군부에 물건을 납품해서 돈 번 거."

"그랬었나?"

류성은은 기억이 나지 않는다는 듯 고개를 갸웃거렸다. 하지만 중학교 때 최정연에게 할아버지 얘기를 듣고 급속도로 친해졌기에 잊으려야 잊을 수가 없었다.

"한데 그게 뭐 어때서? 해방이 되면서 어쩔 수 없이 한 일이라고 사면도 받으셨잖아? 게다가 많은 돈을 사죄의 뜻으로 사회단체에 기부까지 하셨고."

"하지만 그렇게까지 했음에도 여전히 매국노라고 생각하는 사람들도 있어."

"김철이 그렇대? 정말 그랬다면 정말 상종 못할 인간이야. 그러니 잊는 게 좋아."

"그건 아니고, 그의 아버지가 만든 단체 때문이야."

"그의 아버지가 만든 단체?"

"너도 잘 아는 곳이야. 너희 아버지가 정기적으로 상당한 돈을 기부하는 곳이거든."

류성은은 그녀의 말에 독립운동가들과 그 자손들을 도우면서 한편으로는 매국노 인명록을 만들어 그들을 지금이라도 벌해야 한다고 주장하는 유명한 단체가 떠올랐다.

"우당? 그러고 보니 우당의 이사장 이름이……."

"김유성. 김철의 아버지야."

"세상에……."

최정연은 슬프게 웃으며 중얼거렸다.

그 모습이 마치 첫눈에 반한 이가 적대 가문의 아들이라는 말을 들은 줄리엣처럼 느껴졌다. 그러나 류성은은 류성은대로 복잡한 심사 때문에 그녀에게 위로의 말을 건네지 못했다.

'사부님의 집안도 독립운동을 하셨다고?'

류성은은 독립운동을 한 분들을 딱히 존경하지 않았다.

아니, 오히려 약간 냉소적인 시선으로 보고 있다는 편이 맞을 것이다.

그 이유는 어린 시절 그녀를 납치한 사내 때문이라고 해도 과언이 아니었다. 미래의 대한민국을 그녀가 팔아넘긴다는 전혀 얼토당토않은 이유 때문에 죽어야 한다면서 과거 독립운동에 대해 언급하는 것을 보아 독립운동가들의 자손이거나 연관된 자가 틀림없었다.

사내를 어찌할 방법이 없었기에 담담하게 죽음을 받아들이긴 했지만 어린 자신을 죽이려는 자에게 원망과 원한이 없는 것은 아니었다.

'사부님은 놈과 달라. 놈이 지키려 한 것들을 모조리 없애 버릴 거야! 내가 하지 못한다면 내 아들이나 딸이 그렇게 만들 거야!'

유산을 받아 편하게 살 수 있음에도 죽자 사자 창천화학을 키우려는 이유였다. 힘이 있어야 했고, 그 힘을 얻을 수 있는 곳이 창천그룹이었기 때문이다.

류성은은 삶을 지탱해 주는 가치관이 흔들리는 걸 용납할 수 없었다. 두 번의 유괴 사건으로 인해 삐뚤어지고 비정상적인 가치관이었지만 그녀는 전혀 그렇게 생각하고 있지 않았다.

*   *   *

"아침 먹어요."

목소리가 어찌 달콤할 수 있겠냐마는 단번에 깊은 잠에서 빠져나오게 만드는 힘이 있었다.

"으, 응. 잘 잤어?"

눈을 뜬 방찬희는 앞치마를 입은 김완주의 모습에 싱긋 웃으며 말했다. 인생이 바뀌고 한동안 혼란스러웠지만 시간이 지나자 행복한 지금이 현실임을 인정하기로 했다. 다만 다시 잠에서 깨어나면 지긋지긋하던 예전의 삶으로 돌아갈까 두려워 밤마다 잠드는 것이 힘들다는 부작용이 있긴 했다.

짝!

"미쳤어요? 밖에 어른들 계시는데……."

방찬희의 손이 옷 속으로 들어가려 하자 김완주는 매섭게 그의 손을 치곤 눈을 흘겼다.

"내 마누라 가슴 내가 만지겠다는데 뭐 어때?"

"쓸데없는 소리 말고 어서 나와요. 아버님께선 벌써 나갈 준비를 끝내셨단 말이에요."

"하여간 할 일도 없으신 분이 제일 바쁘다니까."

방찬희는 입으론 투덜대면서도 바로 자리에서 일어났다.

어제 이미 생신 축하 파티를 했지만 오늘이 아버지의 실제 생일이었기 때문이다.

"잘 쉬었냐? 국 식겠다. 어서 먹자. 아가도 이리 와서 앉으렴."

"네, 아버님."

인생이 바뀌면서 가장 적응이 되지 않는 걸 꼽으라면 단연

아버지의 행동일 것이다. 술독에 빠져 살던 분이 지금은 그저 반주로 한두 잔 정도 마실 뿐이고, 조그만 일에도 성질을 버럭 내던 성격은 온데간데없어지고 온화하고 인자하기 그지없었다.

그러나 적응하긴 힘들다곤 해도 바뀐 인생으로 살기로 한 이상 한시라도 빨리 적응하기 위해 노력해야 했다.

"생신 축하드려요, 아버지. 한데 아침 일찍부터 어디 가시려고요?"

"오늘 봉사하는 날이거든."

"생신이신데 어머니랑 근교 온천이라도 다녀오시지……."

지금의 아버진 일주일에 오 일은 봉사 활동을 하며 지내고 있었다.

"기다리는 사람들이 있는데 그럴 수 있나. 너도 시간 날 때마다 봉사 활동을 다녀 보면 내가 무슨 말을 하는지 알게 될 거다."

"네, 네……."

대답은 했지만 속마음은 달랐다.

'돈을 버는 것도 아니고 오히려 쓰면서 하는 일이 뭐가 저리 좋으신지……'

물론 현재의 집안 사정을 보면 이해 못할 일도 아니었다.

우당에서 지원을 받게 된 이후로 살림이 피기 시작했고, 건물에서 나오는 돈과 취업을 한 아버지의 월급으로 몇 년 지나지 않아 살던 건물을 우당에서 구매할 수 있었다. 그리고 구매한 지 이 년도 되지 않아 건물이 있던 동네가 개발되면서 건물 값이 열 배 가까이 오르면서 가난에서 완전히 벗어날 수 있었다.

우당의 지원은 거기서 끝이 아니었다.

저리 대출로 새로운 건물을 짓게 해주고, 재정 컨설팅까지 지속적으로 해줌으로써 지금에 와서는 한 달에 임대 수입만 천만 원 넘게 벌고 있었다.

'대부분의 수익을 봉사 활동에 쓴다는 것이 단점이긴 하지만 말이지. 쩝.'

자신과 누나를 위해 남겨뒀으면 하는 생각이 없다면 거짓일 것이다. 실제로 얼마 전까지만 하더라도 방찬희 역시 은연중에 기대를 하고 있었다.

하지만 최악이라고 할 수 있는 꿈(?)을 꾼 지금의 방찬희는 부모님이 살아 계시는 것만으로도 만족하고 있었다.

'그나저나 우당을 잊고 있었군.'

그에게 일어난 혼란스러움을 가라앉히기도 전에 새로운 사건에 대해 조사를 하다 보니 변화의 시발점이 된 우당을 까맣게 잊고 있었다.

"아버지, 우당에 대해 잘 아세요?"

"알다 뿐이겠냐. 올해 들어온 신입 사원들 이름도 줄줄 꿰고 있다."

어머니도 아버지가 우당에 쏟는 정신이 과하다고 생각하는지 고개를 절레절레 흔들며 한마디 하셨다.

"혹시 우당에 이상한 점은 없습니까?"

"이상한 점이라니?"

"가령 재단답지 않게 이상한 일을 한다든가, 아님 이상한 행동을 하는 사람이 있다든가 하는 일 따위요."

아버지가 우당에 대해 어떻게 생각하는지 잘 알기에 그저 호기심이 일어 묻는다는 듯 최대한 대수롭지 않게 물었다.

"글쎄다. 도움을 받은 나 같은 사람들이 우당에 기부를 하겠다는데도 거부하는 것이 좀 이상한가?"

아는 얘기였다.

아버지가 한때 건물 중 한 채를 기부하려 했었다. 한데 당시 우당은 자신들보다 더 돈이 많아지면 그때 받겠다며 완강히 거부했다.

"주려는 사람이나 받지 않으려는 곳이나… 둘 다 이상하긴 하군요."

"이상하긴 뭐가 이상해, 이놈아! 매국노 놈들보다 더 잘살라고 그러는 거잖아."

'당신께서 이상하다고 해놓고 이상하다고 말하니 화를 내는 건 뭐람. 쳇!'

방찬희는 괜한 것을 물었다고 생각했다.

설령 자신의 느낌처럼 뭔가 이상한 구석이 있다 한들 자원봉사자인 그의 아버지가 눈치챌 만큼 허술하게 하지는 않을 것이다.

방찬희가 말없이 밥 먹는 것에 열중하자 그의 아버지는 소리를 높인 것이 미안했던지 이상한 점을 애써 생각해서 말했다.

"험험! 굳이 이상한 점을 꼽자면 재단을 설립한 이사장이 단 한 번도 재단의 공식 석상에 나타나지 않았다는 것이다. 게다가 이번에 그 이사장의 젊은 아들이 이사장직을 물려받는다고 하더구나."

"그래요? 음, 조금 이상하긴 하군요."

얼핏 듣기에 수조 원의 재단이라고 들었는데, 그런 재단을 설립해 놓고 한 번도 나타나지 않았다는 것은 확실히 이상했다.

'알아볼 가치는 있겠어.'

방찬희의 측은 우당과 자신의 인생 전환이 어느 정도 연관이 있다고 말하고 있었다.

*　　　　*　　　　*

법적으로 우당의 이사장이 되었지만 첫 출근은 며칠 뒤로 미뤘다.

상속을 받은 이상 급할 것은 없었다.

사실 재단을 만들고 유언이라는 형식을 빌려 이사장이 된 것은 재단의 재산에 관심이 있어서가 아니었다. 만일 내가 경영하며 재단의 재산을 좌지우지할 생각이었다면 번거롭게 개인 재산을 만들지 않았을 것이다.

재단이 법적으로는 개인 재산이 아니었지만 이사장이 충분히 유용할 수 있고 원하는 대로 상속까지 가능한 것이 우리나라였다. 그저 과거를 바꿈으로서 미래가 어떻게 변할지 몰랐기에 안전장치를 해둔 것이었고, 이런 안전장치 덕분에 허종욱이 우직하고 믿음직한 사람으로 남았는지도 모른다.

물론 현재로써는 그가 차기 이사장으로 가장 적합하다는 건 변함없는 사실이지만 말이다.

"그나저나 비싼 차라고 꼭 편한 것만은 아니군."

생일 때 선물로 받은 자동차는 결국 돌려주지 못했다. 판매회사에선 구매자를 절대 알려줄 수 없으니 팔아버리든지 버리든지 알아서 하라고 했고, 괜스레 법을 내세우며 목소리를 높였다간 시끄러울 것 같아 타기로 결정했다.

한데 편안함보단 안전과 속도에 중점을 둔 차라서 그런지 상당히 딱딱하게 느껴졌다.

"좀 타다가 석두에게 줘야겠군."

반신불구일 때 여행 다니던 기억 때문인지 차는 편안해야 한다는 게 그의 생각이었다.

선물을 해준 사람의 성의를 생각해서라도 한동안은 타고 다니겠지만 오랫동안 타기엔 왠지 불편했다.

─딩동! 목적지에 도착했습니다. 현재 경로를……

내비게이션의 안내에 창밖을 보니 신유리와 만나기로 한 음식점이 보였다.

유명한 곳이라 그런지 점심시간이 한참 지났음에도 꽤 북

적이고 있었다.

"3층 백합실로 가시면 됩니다."

"감사합니다."

이제는 습관처럼 되어버린 감사 인사를 건넨 후 엘리베이터를 타고 3층으로 올라갔다. 백합실이라고 적힌 문 앞에 선 난 잠시 걸음을 멈췄다. 그리고 길게 숨을 들이켰다가 내뱉었다.

신유리를 어떻게 대할지는 이미 생각해 둔 상태.

'묘하게 흥분되는군.'

잔인한 계획을 상기하며 흥분하는 것이 이젠 영락없이 인간이 된 모양이다. 난 두 손으로 얼굴을 쓱 문질렀다. 그리고 미소 띤 얼굴로 노크를 했다.

"오셨어요?"

차를 마시고 있던 신유리가 일어나며 반겨주었다.

"조금 늦었죠? 미안해요. 요즘 바쁜 일이 있어서."

말과 달리 일부러 늦은 것이다.

"아니에요. 바쁜 분을 괜스레 부른 것 같아 제가 죄송해요."

"별말씀을요. 그때는 경황이 없어서 제가 혹시 실례를 하지 않았나 해서 사과도 할 겸 나온 겁니다."

"그런 거 전혀 없었어요."

"그렇다면 다행이군요. 한데 어디 다친 곳은 없습니까?"

"조금 놀랐을 뿐이에요. 김철 씨는 괜찮으세요?"

"하하! 저도 잠시 놀랐을 뿐입니다. 그러니 너무 미안해하지 않아도 됩니다. 정 미안하다면 오늘 밥은 유리 씨가 사세요."

"당연히 부른 제가 사야죠."

"그럼 앉을까요?"

이번에는 내가 대화를 이끌어가는 쪽이었다.

과거 매사 자신이 없던 날 리드하던 신유리이다. 하지만 지금 와서 생각해 보면 마지못해 했을 뿐이지, 그녀는 강하게 리드해 주는 남자에게 더 끌렸음이 분명했다.

"인터넷에서 보니까 유리 씨가 저보다 두 살 어리던데… 실제 나이?"

"아! 아뇨, 소속사에서 어리게 하는 것이 좋겠다고 해서……. 사실 김철 씨와 같은 나이예요."

"오, 그래요? 오히려 잘됐군요. 그럼 우리 서로 말 편하게 하는 게 어때요?"

"제가 어떻게……."

"나보다 먼저 데뷔해서 선배 대접 받고 싶어서 그러는구나?"

"아, 아니에요! 제대로 된 역을 맡은 적이 없는 제가 선배라니, 말도 안 되죠."

"선배, 후배는 데뷔로 결정되는 거지, 맡은 배역으로 결정되는 건 아니지. 어쨌든 그런 게 아니라면 그냥 편하게 말 트고 지내자. 오케이?"

"…그, 그래요."

"에이~ 말 트자니까. 편하게 다시 말해봐. 아니면 엄청난

청구서를 보낼지도 몰라."

"…그래."

"좋아, 술은 아니지만 친구가 된 기념으로 건배할까?"

약간은 막무가내로 행동하는 감이 없잖아 있었지만, 그녀의 얼굴에 나타나는 표정에 싫어한다는 느낌은 없었다.

오히려 약간은 의외라는 표정과 함께 호기심 어린 눈빛이다.

처음엔 다소 어색하게 말하던 신유리도 시간이 지나자 차츰 반말에 익숙해졌고, 날 편하게 대하기 시작했다. 그러다 스마트폰 메신저를 확인한 그녀가 조심스럽게 입을 열었다.

"한데 철아……."

"응?"

"사실 오늘 혹시나 해서 다른 사람을 불렀는데 그 사람이 지금 온대. 기분 나쁘게 생각하진 말고."

"기분 나쁜데? 하하! 농담이야. 험한 세상에 여자 혼자 나오는 건 말이 안 되지. 근데 애인?"

"으, 응, 소속사 사장이기도 해."

"그래? 그 사람 완전 땡잡았네. 유리 같은 여자 친구도 사귀고 말이야. 걱정 말고 들어오라고 해. 딱히 할 얘기는 없지만 친구의 애인이 어떤 사람인지는 보고 싶다."

"이해해 줘서 고마워."

'아니, 오히려 내가 고맙다.'

접근해 올 줄은 알았지만 이렇게 빨리 찾아올 줄은 몰랐다.

난 민종수가 어떻게 접근해 올까 기대하며 백합실의 문이 열리길 기다렸다.

그리고 잠시 후, 노크 소리와 함께 물이 열렸다.

"야, 김철! 오랜만이다! 나 누군지 모르겠냐?"

데자뷰.

나와 신유리가 연인일 때 민종수는 지금과 똑같은 말을 하며 다가왔었다. 그때와 다른 점이 있다면 비릿한 웃음 대신 정말 반갑다는 듯 웃고 있다는 정도.

'연기를 했어도 충분하겠어.'

몰랐다면 정말 반가워한다고 착각할 만큼 훌륭한 연기였다.

"…민종수? 너, 민종수 맞지? 히야~ 세상 좁다더니 여기서 널 만나는구나! 이게 몇 년 만이지?"

나 역시 혼신의 연기로 그를 맞이했다.

예전에 그가 나에게 짓던 약간은 비릿한 미소를 머금은 채.

『인생을 바꿔라』 4권에 계속…

초대형 24시 만화방

신간 100%, 샤워실, 흡연실, 수면실(침대석), 커플석, 세탁기 완비

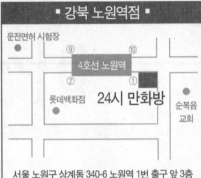
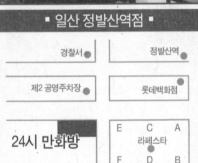

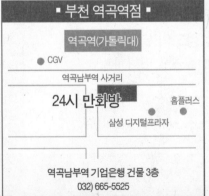
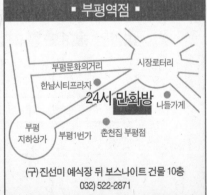

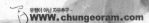

MAJOR LEAGUER
메이저리거
FUSION FANTASTIC STORY
강성곤 장편 소설

꿈꾸는 자에게 불가능은 없다!

『메이저리거』

불의의 사고로 접어야만 했던 야구 선수의 꿈.
모든 걸 포기한 채 평범한 삶을 살던
민우에게 일어난 기적!

"갑자기 이게 무슨 일이지?"

그의 눈앞에 나타난 의미 모를 기호와 수치들.
그리고 눈에 띈 한 단어.
'타자(Batter)'

특별한 능력을 얻게 된 민우의
메이저리그 진출기가 시작된다!

이계진입 리로디드

임경배 퓨전 판타지 소설

FUSION FANTASTIC STORY

『권왕전생』 임경배의 2015년 신작!

『이계진입 리로디드』

**왕의 심장이 불타 사라질 때,
현세의 운명을 초월한 존재가 이 땅에 강림하리라!**

폭군으로부터 이세계를 구원한 지구인 소년 성시한.
부와 명예, 아름다운 연인…
해피엔딩으로 이야기는 끝인 줄 알았건만
그 대가는 지구로의 무참한 추방이었다.
그리고 10년 후……

"내가 돌아왔다! 이 개자식들아!"

한 번 세상을 구한 영웅의 이계 '재' 진입 이야기!

Book Publishing CHUNGEORAM

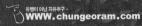

유행이 아닌 자유추구 ~
WWW.chungeoram.com

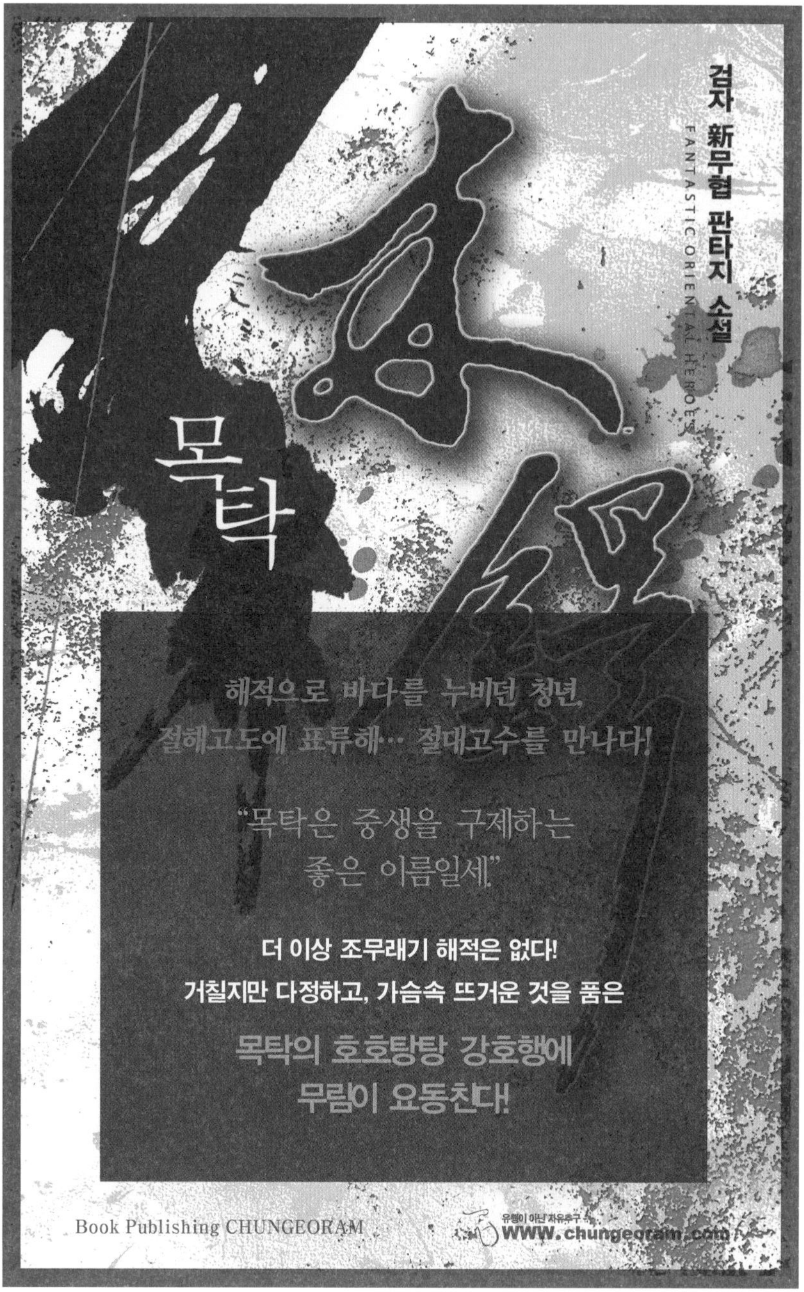
검자 新무협 판타지 소설
FANTASTIC ORIENTAL HEROES
목탁
해적으로 바다를 누비던 청년,
절해고도에 표류해… 절대고수를 만나다!
"목탁은 중생을 구제하는
좋은 이름일세."
더 이상 조무래기 해적은 없다!
거칠지만 다정하고, 가슴속 뜨거운 것을 품은
목탁의 호호탕탕 강호행에
무림이 요동친다!
Book Publishing CHUNGEORAM
유행이 아닌 자유추구
WWW.chungeoram.com

사락함대 장편소설

FUSION FANTASTIC STORY

법보다 주먹!

2016년 대한민국을 뒤흔들 거대한 폭풍이 온다!

『법보다 주먹!』

깡으로, 악으로 밤의 세계를 살아가던 박동철.
그는 어느 날 싱크홀에 빠진다.

정신을 차린 박동철의 시야에 들어온 건 고등학교 교실.

그리고 그에게 걸려온 의문의 ARS는 그를 새로운 인생으로 이끄는데…….

빈익빈 부익부가 팽배한 세상, 썩어버린 세상을 타파하라!

법이 안 된다면 주먹으로!
대한민국을 뒤바꿀 검사 박동철의 전설이 시작된다!

Book Publishing CHUNGEORAM

유행이 아닌 자유추구 -
WWW.chungeoram.com

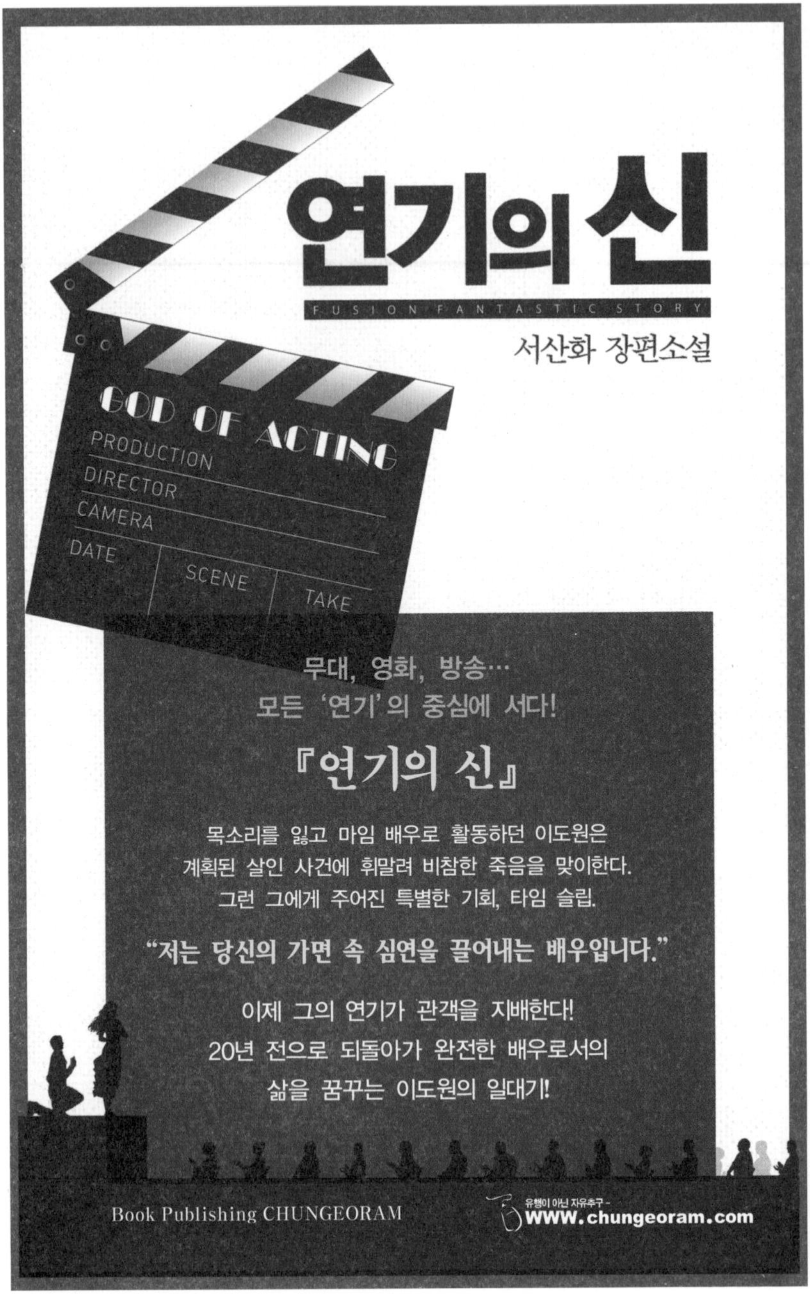
연기의 신
FUSION FANTASTIC STORY
서산화 장편소설
GOD OF ACTING
PRODUCTION
DIRECTOR
CAMERA
DATE
SCENE
TAKE
무대, 영화, 방송…
모든 '연기'의 중심에 서다!
『연기의 신』
목소리를 잃고 마임 배우로 활동하던 이도원은
계획된 살인 사건에 휘말려 비참한 죽음을 맞이한다.
그런 그에게 주어진 특별한 기회, 타임 슬립.
"저는 당신의 가면 속 심연을 끌어내는 배우입니다."
이제 그의 연기가 관객을 지배한다!
20년 전으로 되돌아가 완전한 배우로서의
삶을 꿈꾸는 이도원의 일대기!
Book Publishing CHUNGEORAM
유행이 아닌 자유추구 -
WWW.chungeoram.com